ぎゅうっと温冷ファンを抱き締めて、苦悩するアルト会長。
切ない声も色気ポイントです。
卓上ポットの取引でアルト商会は
目まぐるしい忙しさなのだそうです。
あら、大変。

バッシュ・ドヤール
「やっぱり、格好良いですわ、お祖父様」

転生しました、サラナ・キンジェです。
ごきげんよう
～婚約破棄されたので田舎で気ままに暮らしたいと思います～
まゆらん
illust.匈歌ハトリ

CONTENTS

第1章　転生しました、
サラナ・キンジェです。ごきげんよう。------009

第2章　王族と初コンタクトしました、
サラナ・キンジェです。ごきげんよう。------091

第3章　社交と夜会にいそしみます、
サラナ・キンジェです。ごきげんよう。------169

あとがき ------------------- 254

Tensei shimashita,Sarana Kinje desu.
Gokigenyou.

CHAPTER

第1章

転生しました、サラナ・キンジェです。ごきげんよう。

Tensei shimashita, Sarana Kinje desu. Gokigenyou.

ゴルダ王国の第2王子に婚約を解消されました、サラナ・キンジェです。ごきげんよう。

突然。ええ、突然でございました。王宮に呼び出され、陛下直々に、一方的に告げられましたのよ。相変わらず無礼な王族だわ、フフフ。

婚約解消の理由は、第2王子が学園で出会った、平民の聖女との真実の愛を貫くためだそうです。王家は聖女の希少な光魔法の血を取り込みたいので、2人の仲に諸手を挙げて賛成。私との婚約は王家にはあまり利が無かったので、あっさり解消。

しかも、一方的な解消となると外聞が悪いので、私が病弱で子が産めるか不安なためという理由をでっち上げてきました。貴族令嬢としては致命的な理由ですが、口止め料も含んだ破格の慰謝料を押し付けられたら、貧乏伯爵家としては従わざるを得ませんでした。

悪役令嬢として舞台に上がる事なく、婚約解消されてしまったのですが、これから私はどうしたらいいかしら。学園に入学する前に全てが終わってしまったのだけど。これは前世で有名な、悪役令嬢がざまぁする逆転ストーリーじゃないのかしら。つまらないわ。

しかし、私の貴族令嬢としての価値は、これで無いも等しいものになった。子が産めるか分からないというのは、血族主義の貴族にとっては致命的。婚活市場ではゼロ価値らしい。もうちょっとこちらに配慮した解消理由にしてくれればいいのに。まぁ、無理ね、あの王家じゃ。そんな知恵など、ないのでしょう。

私は現在13歳。第2王子が真実の愛とやらを見つけた学園入学まで、あと2年もある。

しかし学園に入る意味あるのかしら、これ。王子妃教育の賜物で、学園卒業レベルの学力はあるし、王子に婚約解消された令嬢なんて、社交も婚活も絶望的だ。学園は社交界の縮図と言われているのに、ゼロどころかマイナススタート。うん、行きたくない。周りからクスクスされるだけじゃない。気にしないけど。

そんな事を考えていたら、ある日げっそりしたお父様が仰った。「もう、爵位を親戚に譲って国を出たい」と。親戚筋から子が産めるか分からない跡取り娘ではなく、ウチの子を養子に取って後継にしろと責められ、でも可愛い娘を見捨てるなんて出来ないと悩み、思い詰めたようだ。セルト・キンジェ38歳。家族愛は満タンだが、社交は嫌いで、領主には向いてない事を自覚する。どっちかというと、人の下でコツコツ頑張るタイプだもんね、パパン。

人が良いママン、カーナ・キンジェも大賛成。元々、おおらかで開放的な隣国、ユルク王国のドヤール家出身のママンは、ゴルダ王国の堅苦しい貴族社会に馴染めていなかった。そして、これ以上悩むパパンを見ていられないし、陰口をたたかれる娘が可哀想だし。幸い、実家のドヤール家はママンの兄が跡を継いでいるが、兄妹仲は良好だし、こっちの事情を知って、つらいならいつでも帰ってこーいと大歓迎モードらしい。アグレッシブに我が家の後釜を狙う親戚は数多くいるので、伯爵家の後継は、問題ないだろう。

ダンディなパパンの額の後退が進むのを防ぐために、我が家は爵位を親戚に譲って、隣国へ移住する事を決めた。髪って大事。パパンのフサフサは、ぶっちゃけ、爵位よりも価値がある。パパンにはいつまでも若々しく、イケオジでいて欲しいもの。移住の許可はスムーズに下りた。まぁ、私たちがいない方が、王家としても気が楽なのだろう。引き留められませんでしたよ。フフフ。

そういう訳で、私は悪役令嬢にもならず、逆転ざまぁ劇もせず、王家にいいように婚約解消されて、親戚に爵位を譲り、隣国に逃げるように移住する事になりました。以上。


私、サラナ・キンジェが転生者である事に気がついたのは、4歳の頃だ。前世ではバリバリに働いていた。高学歴、高収入、お一人様街道まっしぐらの中年に足を突っ込んだ女子。死因は休暇旅行先で楽しすぎて、酒を飲みすぎての急性アルコール中毒。人生謳歌中のポックリ。実に周りに迷惑な死に方だった。すいません、宿の方、及び、一緒に行った友人。

それにしても。イェーイ地酒美味《うま》い！　とはしゃいで、ガブガブ飲んでいた記憶から、いきなり4歳児になった時の衝撃といったら。フッと風景が切り替わるように、突然、中世ヨーロッパ映画の中に入り込んだみたいだった。さっきまで高級旅館で海鮮料理を堪能してたのにっ！　カニが、エビが、刺身が、目の前から消えたのよ。せめて食べ切ってから死にたかった。地酒が美味すぎたのがいけなかったのかしら。

平凡を絵に描いたような中年女から、黒髪、濃青の瞳の天使のような4歳の美少女への転身。日本どころか、地球ですらない、剣と魔法と、魔物がいる世界の、貴族家のご令嬢として覚醒。なんでだ、と思ったのが初感想。

なんとか気持ちを切り替えて、前世の記憶と今世の記憶を上手《うま》く融合した後。こういう時のお約束で、何か素晴らしい能力が？　とワクワクしたけれど、授かったのは人並みの魔力。火魔法も水魔法も土魔法も風魔法も人並み。一般人よ。ちょっとだけ珍しいのは、鑑定魔法。珍しいといっても百人に1人ぐらいは使える程度。就職には有利な能力らしいけどね。一縷《いちる》の望みをかけて、魔法は毎日練習してる。伸びるかもしれないし。その兆しは今のところ全くない。平凡の極みだ。

私が生まれたキンジェ伯爵家は、人が好《よ》くおっとりした父と、これまた人が好くおっとりした母と、一粒種の私という家族構成だった。歴史はあるが、金はない伯爵家。貧乏ではないが裕福でもない。食べるのには困らないが、贅沢は出来ない、それぐらいの家柄だった。お父様は領地経営を頑張っていたが、これといって特徴のない我が領地は広すぎて、管理に困ってた。農作物の改良とか、結構頑張っていたのだけど、いかんせん、領地の大半が岩山だと出来る事は少ない。貧乏寄りの中流貴族。

しかし、前世の記憶があるとはいえ、仕事ばっかりしていた中年女で、現在4歳児に何が出来る訳でもなく、おっとり両親とのんびりつましく暮らしていたのだが。ある日、衝撃の出来事が起こった。私が、第2王子の婚約者になってしまったのだ。

第2王子の婚約者選びが難航していたのは知っていた。次期国王には第1王子が立太子していて、第2王子は婿入り出来る貴族家を選定していたが、なかなか婿入りの条件の合う家が見つからなかった。そこで貧乏だが家柄は古く由緒正しい我が家に、白羽の矢が立ったのだ。第2王子は私と結婚後、陞爵して侯爵になり、第2王子と私の子が跡を継ぐという流れの予定だった。結婚に伴い、我が領に王家直轄領の一部で、肥沃な穀物地帯をいただける事になっていた。条件的には良かったのよねー。貧乏を抜け出せるかも、とほんのちょっと期待していた。

第2王子のミハイル・ゴルダは、当時、私より5歳上の9歳。初めて対面したのは王宮の謁見室。

緊張でガチガチの父と母と一緒に登城した私。リアル王子様か、とワクワクしていたが、ミハイル殿下と会って、数秒で落胆する事になった。

「なんだ、ずいぶんと地味な色合いだな」

赤髪と緑目の活発そうな美少年の第一声は、それだった。一張羅を着て淑女の礼をとる4歳の美少女に対する気遣いは0。そんな尊大な態度で、つまらなそうに吐き捨てられたら、百年の恋も覚める。いや、恋すら芽生える余地もなかった。まあ、中身は立派なオバさんの私が、9歳児に惚れたら惚れたで、それはまた別の問題があるのだけどね。

私は周囲から引っ込み思案で大人しい子だと思われていた。同年代の子息令嬢との交流会でも、ほとんど周りと会話せず、静かにしている事が多かったからだ。単に4歳のパワーに中身がオバさんの私では、精神的にも、体力的にもついていけないだけだったのだが。仕方がないから、あまり目立たないように、子どもたちから一歩離れ、じっと人間観察を続けていた。髪や瞳の色合いも暗く、周囲の華やかなご令嬢たちと比べれば、地味だったのだろう。

ミハイルはそんな私に興味を持たなかった。彼自身、齢9歳にして、第2王子という立場と、綺麗な面立ちで、周囲の大人っぽくキラキラした可愛らしいご令嬢たちに、チヤホヤされていたのだ。私のように暗い色合いの地味な大人しい女の子が婚約者になった事に、納得がいかなかったのだろう。別の女がいい、本当にこんな地味な女が俺の婚約者なのかと、ずっと暴言を吐き続けていた。ミハイルの両親である国王陛下と王妃陛下は、ミハイルを窘《たしな》めることも無く、「これで我慢しなさい」と息子を宥《なだ》めていた。本人を目の前に「これ」とか「我慢しなさい」などと、失礼極まりない発言だが、王族相手に文句は言えない。それにしても、この親にしてこの子ありだ。

しがない貧乏伯爵家としては、どれほど馬鹿にされても婚約を断ることなど出来るはずもなく。帰りの馬車では、お父様もお母様も悔し泣きに泣き、私に謝り続けていた。私は、婚約自体は嫌だったが、バリキャリで上司のパワハラセクハラをかわしてやりこめてきた大人意識が、お子様王子の言葉なんぞに傷付くはずもなく、逆にお父様たちを慰めていた。まぁ、決まってしまったのは仕方がないしね。

そして始まる王子妃教育。毎日の勉強量がえげつなく、大人の意識を持つ私にもちょっとキツかったが、苦手な暗記は子どもの柔軟な脳味噌が助けてくれた。吸収力が凄いわ、子どもの脳。そこに大人の集中力と効率が加われば、怖いものなどない。ダンスや武術も、一通り身に付いた。振り返ってみれば、楽しかったなぁ。いやー、子どもの体力って素晴らしい。

ミハイルとの婚約だって、どうせ解消されるだろうと思っていた。あのお子様王子は、長じるにつれてどんどん傲慢に育っていたし、婚約者の私を、一度だって顧みる事はなかった。定期的な交流の場にも来やしなかったもの。王族だろうと、連絡なしのドタキャンとか、ありえない。

ミハイルが成人する頃には、華やかな噂もチラホラ聞こえてきていた。お陰で、私はお茶会などで、他の令嬢たちに「第2王子に冷遇されている可哀想な婚約者」とクスクスされていたけど、そんな小娘たちの陰口なんか、給湯室の噂話に比べたら可愛いもんだった。ははは、女の戦いはこっちがベテランよ。まだ成人前で社交デビューもしていなかったから、こちらに直接害がありそうな輩以外は、放置していたけどね。

そんな面倒で忙しい生活から、婚約解消のお陰で清々しく解放される事になった。慰謝料もあるし、話で聞く隣国の生活は、憧れの自給自足、スローライフっぽいので楽しみでしかない。真実の愛ってなんだよ、お花畑か、ミハイルって馬鹿なんだなと思っていたが、結果的には、馬鹿の未来の嫁から解放されたので、ミハイル、いい仕事をしてくれたと思う。

隣国ユルク王国の伯父様が治めるドヤール領に辿《たど》り着いたサラナ・キンジェです。ごきげんよう。もしかして伯父様一家から厄介者扱いされるかもと、前世の昼ドラを思い出して疑心暗鬼でやってきた私でしたが、土下座して謝ります。伯父様一家、神様でした。

「お初にお目にかかります、お祖父様、伯父様」

正確には私が生まれたばかりの頃に、一度お会いした事があるらしいのだが。赤子の頃の記憶はさすがにないから、初めましてでもいいだろう。緊張しながら挨拶をしたところ、ドヤール領主ジーク・ドヤール伯父様以下、ご家族様からの熱烈ハグをいただきました。「可愛い〜」の大合唱とともに。やだ、大歓迎。

そして、伯父様は領主館の隣に、私たちが住む、こぢんまりとした一軒家を準備してくださっていました。しかも使用人付き。なんですか、優しさの塊《かたまり》ですか？

伯父様一家はジーク伯父様、ミシェル伯母様夫婦と息子が2人、そして引退したバッシュお祖父様の5人家族だ。お祖母様はずいぶん前に亡くなっている。2人の息子たちは普段は学園の寮で暮らしているので会えなかったけど、長期休みには帰ってくるとのこと。可愛い妹が出来るって、サラナちゃんに会うのを楽しみにしてるのよー、とは伯母様の弁。

懸念事項だったお父様のお仕事も、伯父様の補佐役として即採用。チラリと見た伯父様の執務室には、書類の山が3つ、うん？　4つ？　いや、5つ……。領主の仕事って、あんなに溜めても大丈夫なのかしら。

伯父様は外で働く仕事や交渉《討伐》は得意だけど、書類仕事《デスクワーク》は苦手との事。書類に向き合っていると、睡魔に襲われる病気なのだと、真顔で仰っていたが、どうしていいのか分からずに、笑顔でスルーしました。もちろん、冗談ですよね、伯父様。初対面の姪を和ませるドヤールジョークだと、ちゃんと分かっていますとも。あら、それだと突っ込んでおいた方が良かったのかしら。難しいわ、ドヤールジョーク。まぁそれはともかく、コツコツ書類仕事が得意で社交が嫌いなお父様は、伯父様にとってピッタリな補佐ですね。お父様はやる気満々で、腕まくりして書類の山をさばいている。アレぐらいの量なら、お父様なら瞬殺でしょう。良かったわ。

伯母様とお母様は幼馴染な事もあり、娘時代に戻ったようだとキャッキャと楽しそう。お母様がゴルダ王国に嫁いでなかなか会えず、手紙のやり取りはあったけれど、寂しかったのだとか。領主夫人としての仕事も手伝ってもらえるわーと、嬉しそう。こちらも良かったですね。

「サラナや。今日は白のリボンかぁ。可愛いのぅ」

デレデレというか、デロデロに溶けた笑顔なのは、お祖父様。伯父様に領主の地位を譲り、現役を離れてずいぶん経つとは思えぬほど、矍鑠としていらっしゃるお祖父様だが、唯一の女孫である私にはデロ甘い。

「サラナはカーナの小さい頃にそっくりじゃ」

そう言って、ドレスは欲しくないか、宝石は、お菓子はと、隙あらば私に貢ごうとする。もう13歳の私の頭を撫でては、可愛い可愛いと相好を崩している。お祖父様は大変なじじバカだった。伯父様も伯母様もお父様もお母様も、お祖父様の散財を止めてくれない。ダメですよ、孫を甘やかしすぎると三文安です。

それよりも、私、焦っています。お父様もお母様もドヤール家での役割があるけど、私は学園に行くには2年早く、この年頃の令嬢なら自宅で家庭教師から勉強を学ぶのだが、王子妃教育の賜物でその必要がない。社交デビューにも早いので、夜会などの参加もまだ。やる事が無い。ぶっちゃけ暇です。ニートです。お荷物です。

お父様のお仕事の手伝いも、繁忙期ではないのでと断られ、お母様には刺繍でもしたらと言われてチクチクしてましたが、飽きました。毎日刺繍か読書かお祖父様に愛でられるか。非生産活動ばかり。畑とか耕しちゃダメかな。はい、貴族令嬢なのでダメでした。ですよねー。

読書も、本より剣を振る方が好きな伯父様の、必要最小限に抑えた本棚は制覇した。本が少ないよー。伯母様の本棚には恋愛小説が多い。それも読み尽くした。お兄様たち？　本棚自体が部屋になかったわよ？　学生でそれはどうだろう。大丈夫なのか？　小さな村なので、本は王都に行った時ぐらいしか買えないらしい。ぐう、ドレスより本が欲しいぃぃ。

という訳で、暇な私は、領主が住まうこのモリーグ村を散策するのが日課になった。貴族令嬢なので侍女と護衛を付けられたが、村中が皆、顔見知りで、見知らぬ人が村の中を歩くだけで噂になるような環境で、必要なのかは正直疑問だ。

高貴な令嬢は、侍女を通して平民と会話をするらしい。村の人たちは、初めは見知らぬ私の姿に警戒していたが、最近は慣れたのか、めっちゃフレンドリーに「あ、サラナ様、おはようー」とか声をかけてくるし、私も気楽に返事をしている。いるかなぁ、侍女と護衛。他の仕事をした方が有益じゃない？

モリーグ村はなかなか大きな村だが、畑ばかりで長閑《のどか》な所だ。ドヤール領内では港町シャンジャが一番栄えていて、王都にも劣らぬ華やかさらしいが、ドヤール領主は魔物が多いこの村に代々住むのだという。伯父様一家はゴリゴリの武闘家一家だ。ただの伯爵家だと思っていたら、辺境伯だったよ。魔物が出たら領主自ら瞬殺だってさ、怖ー。

「しかしお嬢様は毎日毎日、飽きないねぇ。それのどこが面白いのかね」

村特産のモリーグ茶を淹れてくれながら、どこか面白がっているのは前村長のヤンマさん。私が読んでいるのは、モリーグ村の村長が代々引き継いでいるという日誌だ。

「面白いわぁ。モリーグ村の事がよく分かるもの」

活字に飢えていた私は、モリーグ村の歴史とも言える日誌を読み込んでいた。主な記録はモリーグ村で作られる小麦の栽培日誌なのだが、毎日のちょっとした出来事や、村で起きた事などが簡潔に書かれている。奥さんと喧嘩した、なんて記述も時々あって面白い。5代前まで遡《さかのぼ》って読んでいるけど、ヤンマさんの家系って、代々、恐妻家みたいだ。

「息子は筆不精だからなぁ。その記録も、俺の代でお終いだろうよ」

「あらー。もったいない」

魔物討伐の時に足を怪我したヤンマさんは、息子に跡を譲って隠居の身だ。足以外は健康なのだが、杖がないと歩けないため、畑仕事も難しい。家の中の仕事はヤンマさんの奥さんとお嫁さんが取り仕切っているし、ヤンマさんも暇を持て余している。息子さんに畑の様子を聞いて、日誌を書くぐらいしかやる事がないのだとか。私と同じ暇人だ。仲間だわー。

「村長さんのお仕事じゃないの？　この日誌は？」

「いやぁ、何代か前の先祖が始めた趣味さぁ。これがあると、小麦に何かあった時、昔の記録を辿れるからね」

小麦に異常があった時、記録を読み返して対処法を探すのだとか。趣味と実益を兼ねた日誌なのね。

「この日誌のお陰で、小麦の全滅を免れた事があるからなぁ。息子にも書けと言ってあるんだが、あいつは3日と続かんのよ。字もあまり得意じゃ無いからね」

しょぼんとしたヤンマさん。代々の日誌が途切れるのは寂しいのだろう。

しかしこの日誌、本当に興味深い。そしていくつかとても気になる箇所がある。

テーブルの上に広げられた、歴代の日誌を眺めながら、私は思案した。このままでは玉石混交だ。読みづらいし、この膨大な量から必要な情報を探すのは大変な作業だろう。

私はパラパラと日誌を流し読みしているヤンマさんに目を向けた。ふむ、暇人が2人。やってみるか。

「ねぇ、ヤンマさん。ちょっと、お小遣い稼ぎしない？」

夕食はいつもドヤール家で一緒にいただく。私たちの家もあるのだが、お祖父様が「サラナと一緒に食べたいっ！」と駄々をこねるので、もうずっとドヤール家で食べている。朝食と昼食は自宅でいただいているけどね。伯父様夫婦も、息子たちが普段いないから寂しいらしく、喜んで招いてくれるので、お言葉に甘えている。この国に来てから、お父様もお母様もどこかホッとしていて、イキイキとしている。おおらかで頼もしい伯父様と、優しい伯母様のお陰だろう。お父様たちがちょっと若返ったように見えるのは、気のせいではないだろう。

「サラナは最近、ワシと遊んでくれないのだ。ヤンマの家に通っているそうだが、何をしているんだ？」

お祖父様が唇を尖らせながら拗《す》ねている。老人という年齢にしては若々しいお祖父様が、そんな顔をなさると、無性に可愛くなる。ゴリマッチョなのに。

「ヤンマの家に？　おや？　あの家にはサラナと同じ年頃の娘など、いなかったと思うが？」

伯父様は不思議そうだ。うん、ヤンマさんのお宅はヤンマさん夫婦と息子さん夫婦だけ。息子さんのお嫁さんも私よりは7つも年上だもんね。現在、初めての子を妊娠中だ。

「あら、何をしているの？　サラナ」

お母様が心配そうにしていらっしゃるが、他所様《よそさま》にご迷惑はおかけしてませんよ、私。ちゃんとオヤツ等の手土産持参で、お邪魔しています。

「代々の村長さんの日誌を読ませていただいてます」

「村長の日誌？　あぁ、あの小麦の記録の事かい？」

伯父様が思い当たったのか、怪訝な顔をなさっている。なんでそんな物を？　と言いたげだ。

「面白いのです。この村の歴史が全て分かるようで。開拓して間もない時からの記録が残っていて、どのように村が拓けていったのかも分かります、それに……」

ヤンマさんに手間賃を払い、２人で日誌を整理していくうちに、色々と判明した事もある。

「まだ、確証はありませんが、今年は大雪が降ります。薪と食糧の備えを、充分になさった方がよろしいかと」

私の発言に、お祖父様たちの目が丸くなった。

「え？　え？　まだ夏だよ？　サラナ、どうして分かるんだい？」

伯父様が驚いている。すいません、後でゆっくりご相談しようと思ってたのですが。

「ヤンマさんのお宅にある日誌を、分析した結果です。今年の初春は、雪解けが早かった。ニージュの花が大量に咲いている。いつもよりゼンデの数が多い。過去の記録から、その３条件がそろうと、大雪になる確率が高いのです」

私はあの大量の日誌から、情報を整理する事をヤンマさんに提案したのだ。あの日誌には様々な情報が散りばめられていた。そこから、まず１つ目は小麦の生育の様子や病気の種類と対処法等だ。

膨大な日誌から探し出すより、まとめておいた方が楽だろう。２つ目に村の年表。その年にざっくりと何があったかを年表にしたのだ。

年表を作っていた時、ハテ？　と気づいた事がある。15年から20年に一度、大雪が降る年がある。その年の日誌を読み込むと、雪解けが早く、ニージュの花がいつもより大量に咲いたという記録と、ゼンデという虫が増え、駆除に難儀したという記録があった。大雪の年には、必ずその記録がある。そして今年も、その３つの兆候があり、前回の大雪から16年経っているのだ。

他にも長雨や、逆に雨の降らない年の兆候などもあった。これ、役に立ちそうじゃない？

夕食が終わって、まとめた資料をお祖父様、伯父様、お父様に見ていただく。３人とも、物凄く真剣に読んでくれた。

「これは、凄いな。確かに周期的に大雪が起こっている。長雨も日照りも、あらかじめ分かっていれば、対策も立てやすい」

「物資も高騰する前に揃えられますね」

「サラナは賢いのぅ」

伯父様とお父様が熱心に話し合う横で、お祖父様は私を褒める事に忙しい。もう13歳だし、子ものように褒められたり、頭を撫でられたりするのは気恥ずかしいのだけど、熊のように大きなお祖父様にしたら、５歳も13歳も変わらないようだ。断るとこの世の終わりのような顔をなさるので、甘んじて受け入れていますよ。

「凄いのはヤンマさんたちです。こんな記録を書き続けていたんですから。私は中身を読んでまとめただけ。それに、あくまでも過去の例からの推測ですので、確実に起こる訳ではありませんが、備えるに越した事はないかと思います」

過去の大雪の際、備えが足りずに領内で多くの死者を出した事もある。薪や備蓄食糧を備えておけば、そういった事も防げるだろう。

「偉いのう、サラナ。民の事を考えてくれるのか。惜しいのう。ヒューかマーズに婚約者がおらんかったら、嫁にしたのに」

ヒューとマーズは伯父様の息子たちの名前だ。婚約者も決まっていて、仲も良好だと聞いている。

「ダメですわ、お祖父様。冗談でもそんな事を仰っては。お兄様たちの婚約者様が悲しみます。お祖父様は勝手に婚約者を変更するなんて、あんな酷い事をする人たちとは違いますわよね？」

ぽっと出の女に婚約者を奪われた孫の悲しげな訴えに、お祖父様はアタフタしております。いけませんよ、そういう笑えない冗談は、誰が聞いているかも分かりませんから。私、お兄様たちの婚約者さんを泣かせたくなんてありません。

「……っ！　すまない、サラナ。そうだな、冗談でも言ってはならんかったな。しかし、ワシはサラナが可愛くてたまらんのだ。あー、どこにも嫁に出したくない」

お祖父様にぎゅうと抱き締められ、私は笑い声を上げた。

「どこにもお嫁には行きませんわ。いつまでもお祖父様のお側《そば》にいます」

前世はお一人様でも平気だったし、今世も縁遠そうだ。お祖父様やお父様たちと生きていくのも悪くない。楽しいしね。

お気楽な私に、お祖父様たちが複雑な顔をしていたのにも気づかなかった。

バッシュとジーク

鋭い剣の一振りが、狼の魔物の首を落とす。

「今ので終わりだな、もう気配はない」

剣の血を拭《ぬぐ》ったワシに、息子のジークは、最早、説教を口にするのも諦めたようだ。

「はあー、親父。いつまで現役のつもりだ？」

「まだまだまだまだ、若い者には負けけん」

「勝とうとも思わないけどな。最近、ヤケにやる気だよなぁ。……あぁ、サラナのせいか」

ジークの顔が、ほんわりと緩む。『血まみれ領主』などと呼ばれ、恐れられるジークが、腑抜けたような顔をしている。まぁ、サラナがドヤールにやってきてからは、ワシ同様、こやつの顔も緩みっぱなしなのだが。

「ふっふっ。ワシが獲物を持って帰ると、凄い凄いと目を輝かせるからのぅ。あの娘は、ドレスも宝石もあんまり欲しがらんし。これぐらいしか喜ばせる事が出来ん」

最近のサラナは、魔物から採れる魔石に興味津々だ。旨味の多い魔物の肉も、喜んでくれる。全く、変わった娘だ。

「初めは王都育ちのお嬢様だから、こっちの空気に合うか心配していたが、すっかり馴染んだよなあ」

「ふ、ふふ。鍬《クワ》を持って畑を耕すと言った時は焦ったぞ。あの小さな白い手が、豆だらけになるところだった」

「馬に乗るのも上手くなったよなぁ」

「1教えれば10覚える娘よ。早くワシと遠乗りに行きたいと、頑張ってくれてての
ぅ」

「書類仕事中に、お菓子を焼いて持ってきてくれるし。それがまた、食べた事ないものだし、美味いし」

「娘とはまた違った良さがある。孫娘というものは、何をしても可愛いもんだなぁ」

最近のジークとの会話は、孫娘のサラナの事がほとんどを占めている。ジークの子は男だけだったせいか、姪のサラナを実の娘同然に可愛がっていた。

「セルト殿の仕事熱心さにも助けられる。今期は既に税に関する報告書は出来上がったぞ」

「なにっ?! あの報告書がもう出来たのか?」

「ああ、さすが優秀さで評判のキンジェ領の元領主。複雑な計算も我が国の法もサラサラとこなして、報告書の書式を分かりやすく変えてくれた。お陰でこの俺でさえ、我が領の正確な税収や収穫高を理解したぞ」

なにやら得意げなジークに、ワシは呆れて眉をしかめた。

「いや、ジーク。お前はワシに似て書類仕事や数字が苦手なのは知っているが……。ワシは少なくとも、税収や収穫高くらいは理解しておったぞ」

「いやいや、セルト殿は各地方の収穫高や税収、豊作不作の原因、来期の予想まで作成してくれてな。どこをどう改良するかの検討も出来ているんだ。いつもは揉める各地の村長や代官たちも、この資料のおかげで、会合でも全く揉めずに納得して終わった」

「ほう……」

各地方の村長たちとの会合は、揉めるのが常だった。どこも次の予算を自分たちのところに多く振って欲しいと主張してくるのだ。それを資料一つで黙らせるとは。

「ふうむ。キンジェ領のような不毛の領地が保《も》っていたのも、セルトのお陰かもなぁ」

娘カーナがユルク王国へ留学中のセルトと恋に落ち、嫁いだのはもう十数年も前の話だ。その時のセルトの印象は、大人しく実直な好青年というだけだった。同じく大人しい性質のカーナには似合いだったため、結婚を許した。カーナからたまに届く手紙には、家族への愛が溢《あふ》れていた。つましくても実直な夫と可愛い娘に囲まれて、幸せそうだった。

そこに翳りが見え始めたのは、孫娘のサラナが第2王子の婚約者に選ばれた頃からだった。手紙には、娘が王子妃に選ばれた事の喜びはなく、過酷な王子妃教育を課される娘への心配と、他家からのやっかみや嫌がらせに苦悩する日々が綴《つづ》られるようになった。身分がそれほど高くないセルトたちが、サラナを守る盾になる事は難しかった。当のサラナは気丈に王子妃教育をこなし、嫌がらせなども気にしていなかったようだが、後ろ盾もなく、まだ幼い娘には過酷な環境だろう。生まれた時に一度しか会った事のない孫娘の事が、心配でならなかった。

しかもその生活は、第2王子との婚約解消という形で、唐突に終わりを告げた。厳しい王子妃教育や、他家からの嫌がらせに耐えた末のこの仕打ち。ジークに止められなければ、ワシは剣を持ってゴルダ王国に乗り込んでいただろう。しかもゴルダ王国は、サラナが病弱で子が産めぬなどと、事実無根の婚約解消理由をでっち上げた。これでサラナの次の婚約者探しは絶望的だ。子はいらぬと言う年上の貴族の後妻か、商家の愛人ぐらいしか貰い手は望めない。サラナになんの恨みがあっての仕打ちなのか。

ワシが示唆するより早く、ジークはカーナに家族を連れてユルク王国に戻るよう、手紙を書いていた。他家からの心無い中傷や、身内からの圧に疲れ果てていたセルトとカーナが、ユルク王国に移住する事を了承してくれて、心の底からホッとした。セルトとカーナに再会した時、２人の憔悴ぶりは、見ていられぬほどだったが、サラナの存在が何よりの救いになった。

赤ん坊だったサラナは、小さくて可愛らしい淑女に成長していた。久しぶりの対面に緊張した面持ちで挨拶をしていたが、すぐにお祖父様、お祖父様と慕ってくれて、孫娘の可愛らしい破壊力に日々、癒されている。可愛らしくクルクルと表情が変わるが、思慮深く、時に驚く事をしでかすサラナに、毎日、楽しく振り回されている。

「ヤンマの日誌には驚いたなぁ」

「ヤンマ本人が、一番驚いていたぞ」

モリーグ村の前村長であるヤンマが書いていた、栽培日誌。それが、今年の大雪の予想を導き出した。毎日何気なく書いていた日誌が、こんなに役に立つなんてと、ヤンマはサラナの慧眼に、最早、崇拝する勢いだ。

「怪我による引退でくさっていたヤンマが、今じゃ張り切って日誌をまとめているからな。サラナからの助言で、周辺の村から同じような日誌をつけている者に記録を貸してもらい、地域ごとの違いも研究を始めたらしいぞ」

「もとは暇潰しに始めた事なのに、今じゃ国も注目しているからな」

サラナからの進言を受け、ジークはセルトとも相談して、日誌の記録をまとめたものを、ユルク王国に報告していた。季節は秋に入ったばかりで、大雪の予想はまだ実証されていないが、小麦の病気や対策についてまとめた記録は、大いに評価されていた。国の研究機関でも、検証されているという。周辺地域のさらなる資料を集め研究を続けていると報告したところ、なんと、研究費も貰える事になった。国から派遣された文官が数名、ヤンマの作業を手伝うようになった。

「初めはサラナがヤンマに手間賃を払っていたと聞いて、驚いたぞ」

「婚約解消の慰謝料の管理を、サラナに任せているとセルト殿に聞いた時は、耳を疑ったな」

サラナは第2王子との婚約解消で、口止め料を含んだ高額な慰謝料を受け取っている。通常、未成年であるサラナの財産の管理は父親のセルトが行うが、セルトは初めから全額をサラナの管理下に置いているという。セルト曰く、「サラナならば大丈夫」と。大金を子どもに持たせる事に、セルトはなんの躊躇《ためら》いもないようだった。サラナはサラナで、その金を散財する事もなく、商業ギルドに作った口座に全額、預け入れており、ヤンマへの手間賃もここから払われていたのだ。若い娘の好みそうなドレスや宝飾品などで散財した事は、一度もないらしい。

「これを作ったのも、サラナだからな」

ワシは腰に下げた水筒を開け、中の水を一口飲んだ。ヒヤリとした冷たい水が、喉を心地よく潤す。軽い金属製の円筒形をした、変わった水筒だ。魔物狩りに行くワシに、サラナがプレゼントしてくれたものだが、水筒の表面にはドヤール家の家紋が彫られていて、とても洒落ている。しかし、驚くのはその機能だった。この水筒、冷たいものは冷たいまま、温かいものは温かいまま保存出来る優れものなのだ。魔法かと聞いたら、中が金属の二重構造になっていて、温度を保つ事が出来るらしい。仕組みを聞いたが、ワシにはサッパリ分からなかった。魔石で湯を沸かしたり、冷水を作ることが出来る、同じ構造の温冷ポットは、ドヤール家では既に必需品だ。手軽にお湯が沸かせて、しかも冷めにくいと、侍女たちにすこぶる好評なのだ。他の家でも欲しがるに違いない。

村の鍛冶職人と細工職人に依頼して作ったこの水筒の構造は、商業ギルドで利益登録をしており、いくつかの商会から、販売についての打診がきた。サラナはセルトと相談して、アルト商会という新参の商会と契約をしていた。大商会を差し置き、新参で、実績の乏しいアルト商会を選んだ決め手は、商会長の人柄が誠実なのもあるが、まだ商売の規模が小さく、小回りが利き、こちらの要望にも柔軟に応えてくれそうだからだそうだ。これは商会との面談にも同席した、サラナの意見である。本当に13歳の子どもの意見かと、ギョッとしたものだ。

「その商会を巻き込んで、また何か考えているぞ」

「んんっ？　またか？」

「あぁ。セルト殿が、サラナがまた何か作っていると言ってたからな。あの娘はちっとも大人しくしていないな」

笑うジークをワシは睨みつけた。サラナがまた忙しくなったら、ワシと遊んでくれないじゃないか。

「おい、ジーク。早く戻ろう。今日こそはサラナとお茶をするんだ」

「はいはい」

盛大に吹き出しながら、ジークが魔物の死骸を荷台に積み込んだ。これだけ土産を持って帰れば、サラナが喜ぶ事、間違いなしだ。

「まったく。伝説の英雄と呼ばれた親父が、骨抜きじゃないか」

「ふんっ！　血まみれ領主と呼ばれている、お前こそ！」

ワシらはお互いに罵り合いながら、家路を急いだ。可愛いサラナの喜ぶ顔を、想像しながら。


折角の暇つぶしが国の研究事業になり、また暇になったサラナ・キンジェです。ごきげんよう。

暇つぶしに始めた日誌のまとめ作業が、ヤンマさんとユルク王国の文官さんたち主導になり、彼らの熱意についていけない私は、新たな暇潰しを探す羽目になりました。ヤンマさんも、初めは過去の日誌を読んで、「ほほう、親父の淡い初恋物語かぁ〜」とかニヤニヤして楽しんでいたのに、今やすっかり研究者。私のアウェイ感は半端ない。裏切り者〜。

仕方がないので、お祖父様の誕生日プレゼントについて考える事に。孫娘である私を溺愛するお祖父様なら『お祖父様、おめでとう』のメッセージ付き似顔絵とかでも大喜びしそうだが、さすがに13歳でそれをやるのは恥ずかしい。中身オバチャンの私も恥ずかしい。ハンカチに刺繍とかが無難なのだろうが。

何かいいネタはないかと、村をプラプラと散歩していたら、鍛冶屋さんと細工屋さんがあった。鍛冶屋さんには剣や斧などの武器、細工屋さんには色々な生活雑貨が並んでいる。でも、お祖父様は裕福な辺境伯家の元領主。なんでも持っているからなぁと色々眺めていたら、一般的な水袋を見つけて、ピコンと思いつきました。そうだ、水筒を作ろうと。

この世界の水筒は、革を二重にしたものが一般的だ。中に水を入れるのだが、独特の革の匂いがもれなく付いてくるので、美味しくない。贅沢は言えないけどねぇ。

前世の断熱二重構造の水筒なら、冷たいものは冷たいまま、温かいものは温かいままと、優れものじゃない？　作れないかなぁ。思いついたまま、細工職人さんに相談したところ、鍛冶職人さんを巻き込んでの、水筒作りプロジェクト勃発。前世の記憶をフル動員して、なんとか思い出した断熱二重構造。水筒の内側の壁と外側の壁の間が真空になっていて、熱伝導を防ぐという仕組み。まずは真空を理解してもらう事から始まり、試行錯誤して作り上げました。私、頑張った。前世のものより品質は劣るが、及第点の水筒が出来ましたよ。表面に家紋を彫り、やったー、格好良い。

「お誕生日おめでとうございます」

お祖父様の誕生日当日。水筒をプレゼントしたら、なんだコレって顔されました。

「おお、美しい作りだ。こうして飾るのだな？」

家紋が彫られた箇所を正面にして、にっこりご満悦なお祖父様。喜んでいただいたようですが、残念、不正解。水筒は飾りではありませんよ。

「違います、お祖父様。これは水筒です」

クルクルキュポンと蓋を開け、お湯を入れて説明。熱々のお湯を入れたのに、触っても熱くないと大興奮。断熱二重構造ですから。

「ふむー、これは面白い。どこに売ってるんだ？　俺も欲しいな」

伯父様がおもちゃで遊びたい子どもみたいな目をして、水筒を見ている。

「それは特注品なので。伯父様もご所望でしたら、作ってもらいましょうか？」

「特注品？　まさかサラナが作ったのか？」

「設計は私ですが、作ったのはモリーグ村の鍛冶職人と細工職人です……え？　なんですか？」

説明の途中から全員に凝視される私。どうしましょう、怖いです。

「サラナ、これは商業ギルドで利益登録しようね？」

お父様の静かな言葉に、首を捻《ひね》る。利益登録って、前世の特許みたいなものよね？　必要あるかしら？　あるみたいです、お父様からの無言の圧がありました。ごめんなさい。

「分かりました。明日にでも登録に参ります」

「私も同行しよう」

このお返事は正解だったみたい。お父様は、満足そうに微笑んでいる。ホッ。

折角の誕生パーティーが微妙な空気に。ううん、ごめんなさい。

「スゲェな、サラナ！　頭いい！　俺も欲しい！」

「俺も！　サラナ！　学園に帰る前に作ってよ！」

夏休暇で帰郷していた、ヒューお兄様とマーズお兄様にねだられた。私より年上の2人は、ゴリゴリのマッチョなのに性格は子犬だ。今もブンブン振られている尻尾が見えている。年子の17歳と16歳。ユルク王国の王都にある、貴族の通う王立学園に在籍中。お勉強は苦手だが、剣技、体術、馬術、魔術は上位クラスだそうです。なんだか納得。

お兄様たちの婚約者様たちとも、順調に交流を深めている。婚約者様たちは、おっとり優しく、私を実の妹のように可愛がってくださるので、万が一私が嫁き遅れになっても、喜んでドヤール家に置いてくれそうだ。いざというときはお世話になる気、満々です。

「じゃあ、利益登録が済んだら、皆の分も作りますね？　あ、こういうものもあります」

取り出したるは試作品第3号。卓上ポット、魔石装置付き。普段は捨てられるクズ魔石をポットの下面に設置し、お湯を沸かしたり冷やしたり出来るようになってます。卓上サイズなので、いつでもどこでも好きな時にお湯や冷水が作れますよ。アウトドアにももってこいの、素晴らしい逸品です。この魔石部分を、取り替え出来るようにしたのが企業秘密。

「おおー！　すげー！　サラナ、コレも！　コレも作って！　寮でわざわざ食堂に行かなくても、お茶が飲める！」

「あ！　兄貴、頭良い！　確かに！　武道場に置いてたら、いつでも冷水が飲める！　俺も欲しい！」

あ。先走って紹介しちゃったけど、これまだ、実用化に耐えるか確認途中だったわ。ああ、でもこんなにキラッキラな顔のお兄様たちに、言いにくいわぁ。でも、未完成品をお渡しするだなんて、商人にとっては、ありえないし。ここは正直に言うしかないわね。

「ええっと……。あともうちょっと動作確認のテストを繰り返してから、実用化の予定です。お兄様たちが学園にお戻りになるまでには、残念ですが、間に合わないです……」

「なんだとっ！　あると分かった後に手に入れられないとなると、物凄く欲しくなる」

「サラナぁ……」

キューン、キューンと鳴く可愛らしい子犬の幻影が2匹もっ！　ゴリマッチョなのに、子犬が見えるミステリー。そしてそんな顔をされると、激弱な私。

「じゃあ、実用化出来たら、学園にお送りしましょうか？」

「頼む！」

「なんて良い子なんだ、サラナ」

ヒューお兄様とマーズお兄様に、代わる代わるピョーンと高い高いをされた。ナニコレ！　楽しい！　お兄様たちの筋肉凄いっ！

「これも、利益登録だな」

ぴょんぴょんと空を舞っていると、お祖父様の呆れた声が聞こえました。誕生日なのに、別の意味で騒がせてごめんなさい。

商業ギルドで利益登録をした後、しばらくして、ギルドを通していくつかの商会から、問い合わせが来た。水筒と卓上ポットの販売についてのご相談だ。

あの後、卓上ポットの動作確認のテストを経て、なんとか実用化させました。ドヤール領主邸と我が家、寮に住むお兄様たちに、試作品をお渡しして、モニターしてもらっている。賞賛の声だけじゃなく、要望や改良点も聞かせて欲しいが、スゴイスゴイとしか言われない。困ります。ちゃんとモニターしてください。

お兄様たち、寮の部屋でこっそり卓上ポットや水筒を使っていたらしいが、まず同室の同級生にバレ、寮内で噂が広がっていき、どこで買えるのか、俺も欲しい！　の声に、揉みくちゃにされているそうな。早めの商品化を頼むと、懇願のお手紙が届きました。男子生徒はいいが、女子生徒にお願いされると、紳士として無下に断りづらいらしい。お2人とも、伯父様似のクマみたいなゴリマッチョだから、これまで女子に囲まれキャーキャーされた事がなかったらしく、切々とその恐ろしさをお手紙で伝えられた。集団の女の子って、可愛いを通り越して怖い時もありますからねぇ。

お兄様たちのためにも、商品化を頑張りますっ！

何件かの商会とお話をした結果、誠実さが決め手で、アルト商会と取引する事になりました。大きな商会もあったんだけどねぇ。酷いところは権利の買い叩き、またはこちらを下手に見た取引を持ちかけてきたので、笑顔でお断りした。製造、輸送、販売を任せるとしても、あの利益分配の率はおかしいわぁ。しかも地元に利益を落とすため、領内の鍛治職人&細工職人に仕事を卸したいと言ってるのに、商会お抱えの職人に作製させますとは、どういう事だ。こっちの要望、丸無視かい。

アルト商会の若き商会長、アルト・サースさんと、早速、試作品3号改良版についての打ち合わせ。商業ギルドに付いてきてくださったお父様は、仕事があるからと、ここでお別れ。13歳の小娘と2人、取り残された推定年齢23歳のアルト会長は動揺していたけど、私が開発&契約の担当だと分かると、大人に対するように対応してくださいました。うむ、こういうところも好印象だ。

アルト会長は柔らかそうな茶色の髪と、理知的な茶色の瞳、優し気な笑顔が可愛らしい、なかなかのイケメンだ。類型化すると、年上癒し系だろうか。良いパパになりそうだわー。

実際に卓上ポットを手に取り、目をキラキラさせるアルト会長。

「これは素晴らしいっ！　登録書類を見てもそう思いましたが、実物を見たら、本当に、なんて画期的な商品なんでしょう、売れますっ、絶対！　私も欲しいですっ！　残業中に役立ちます」

アルト会長の残業ばっかりしていそうな発言は気になったけど、取りあえず卓上ポットの説明を続ける。

「使用するクズ魔石は我が領に沢山ありますので。今までは地中に埋めて処理していたんですよ」

小さな魔物から出る魔石は、通称、クズ魔石と言われる。魔力含有量も少なく、なんの役にも立たないため、今までは捨てられていた。

この世界の人間は、多かれ少なかれ魔力を持ち、普通の人でも小さな火を起こしたり、水を出したりする事が出来る。魔力が大きく、専門的な魔術師の訓練を受ければ魔術で魔物を倒したり出来るが、魔術師たちが魔法の補助として使用する魔石は、大きな魔物から採れる手の平以上の大きさのもので、輝きも違う。王宮魔術師が使用する魔石は、1個で王都に豪邸が建つほどの値段がするという。

「このポットなら週に一度の魔力充塡、クズ魔石は3か月ごとの交換になります」

クズ魔石は火の魔力、水の魔力を込めれば卓上ポットで湯沸かし、または冷やす事に使える。魔力が空になっても、魔力を充塡すれば繰り返し使えるが、クズ魔石が劣化していくので3か月ごとに交換が必要である。前世の充電池みたいなものだ。

「あの……、このポットならと仰いましたが、もしかして他にもクズ魔石を使った商品があるのですか？」

アルト会長の好奇心に溢れた顔に、私は内心驚きながら、淑女の笑みを返す。

「もう少し、形になってからご相談しますね」

おおー。勘がいいわね、この人。まだ開発中なのでお披露目はもう少し先なのだけど、他にも色々な魔道具があるのだ。お祖父様に見せて、褒めてもらうんだー。

「そのお話はまた後で。それより、販売はどのように行いますか？」

「はい。王都の店を中心に、初めは注文を受けてお作りする形でと考えております。まずはこちらの商品を皆様に知っていただくために、いくつかお取引のある貴族家にご紹介を……」

「あぁ、それでしたら、既にご注文をいただいている分がありますので、そちらから先に手掛けていただくと助かりますわ」

「そうなんですか？　いくつぐらいご注文が？」

「はぁ、百個ほどです」

「はっ？」

アルト会長が笑顔のまま固まる。

「従兄弟が王都の学園の寮住まいでして、試作品を送って使用テストをしてもらっていたのですけれど、試作品を見た同級生や先輩方から欲しいと言われていて。村の鍛冶職人さんと細工職人さんで作れる分は作っているんですけど、間に合わなくて。その親御さんたちにも話は広がっているようで、もっと注文が増えそうなんです。あと、伯父様のお屋敷にいらしたお客様にも好評で、そちらのご注文分もありまして」

指折り数える私に、アルト会長はしばし呆然としていたが、すぐに立ち直った。

「か、鍛冶職人と細工職人を、すぐに押さえますっ！」

「こちらは領内の職人のリストですわ。内々にお話をしておりますから、まずはこちらからお選びになってください」

お父様が準備したリストを受け取るアルト会長は、チョッピリ涙目だ。大丈夫かしら？

「全力を尽くしますっ！」

「頑張りましょうね」

この新規プロジェクトを立ち上げる感じ。懐かしいわ。

魔石装置付きの卓上ポットが爆発的に売れて、大儲けのサラナ・キンジェでございます。ごきげんよう。

アルト商会と共に、卓上ポットの量産体制を整え、売れに売れまくっております。素晴らしい。貴族家にはもちろん、裕福な商家から庶民向けまで種類も豊富に取り揃え、アルト会長からは「庶民向けの安価なポットまで作られるとは……。サラナ様は民の生活まで考えておられるんですね」と感動されてしまいました。薄利多売を知らないのでしょうか。やはり、一番数が出るのは庶民向けでしてよ。馬鹿には出来ない、この利益は。

そして沢山集まると、魔力を放出して農作物に影響を与えるため、少数ずつ離れた場所に埋めなければならないという、もはや産廃だったクズ魔石の素晴らしい使い途にもなるからね。何度か繰り返し使って、魔力が入らなくなったクズ魔石は、ただの小石になるという素晴らしい副産物付き。エコでございます。伯父様とお父様に、領内でも懸案事項だったクズ魔石問題まで解決したと、凄く褒められて、金一封をいただきました。わーい。

さて、卓上ポット開発は、そろそろ私の手を離れています。今はアルト商会と委託契約を結ぶ鍛治職人さんと細工職人さんたちの合同開発プロジェクトが立ち上がり、どんどん改良されております。さすが本職。色んなポットが出来て、私も楽しいですが、専門家が入るとやはり素人の私はアウェイ感が。こうなったら専門家に任せましょう、そうしましょう。

私はモリーグ村の鍛治職人さんと細工職人さんと、また違うものを開発中。ちなみに今さらですが、鍛治職人はダッドさん、細工職人はボリスさんと仰います。ダッドさんもボリスさんも、弟子に店を任せ、キンジェ家に設けられた私専用アトリエの直属職人みたいになっていますが、よろしいのでしょうか。よろしいようです。

次に作ったのが、温冷空調機。構造はポットの構造を活かし、形は前世の扇風機兼温熱ファンヒーターといったところ。夏は涼しい風が、冬は温かな風が出るように、ポットとは違い、風の魔力を込めた魔石の挿入口と、火の魔力、水の魔力を込めた魔石の挿入口を分けたのがポイントです。火の魔力で温められた、または水の魔力で冷やされた空気が、風の魔力で拡散。これ1つでお部屋は快適。冬も近づく時期に、冷たい空気が広がる中での実証実験は、死ぬほど寒かったです。真冬に水着撮影をするグラビアモデルの気分が味わえました。余談ですね。

ヤンマさんと立てた予想では、今年は大雪の予報です。じじバカのお祖父様とおじバカの伯父様と親バカのお父様は、私の言う事を疑いもせず、薪も食糧も大量に蓄えてくださっていますが、まだまだ大量に余っているクズ魔石を活用した冷暖房器具を作って、少しでも領の負担を軽くしたいと考えました。偉いぞ、私。

「おお、これは素晴らしい！　素晴らしいが……」

完成品第6号をアルト会長に見せたところ、力無く膝を突いてしまいました。どうしましょう。

それにしても、イケメンはやつれていてもイケメンだわ。このやつれ具合が、なんともいえない色気を醸し出しているわね。ちょっと弱っているところが、なんとなく母性本能をくすぐられるわ。前世からお一人様街道を驀進中の私の、あるとは思わなかった母性本能を引き出すなんて、凄いわ、アルト会長。

「前に契約した鍛冶職人と細工職人とは別の方をリストアップしていますが、ダメでしょうか」

「ダメじゃないです。ダメじゃないですけど。素晴らしいです、売れます絶対。ウチで絶対、引き受けます。ああ、身体が2つ欲しい。いや、3つ」

ぎゅうっと温冷ファンを抱き締めて、苦悩するアルト会長。切ない声も色気ポイントです。卓上ポットの取引でアルト商会は目まぐるしい忙しさなのだそうです。あら、大変。

「まあ、そんなアルト会長に朗報が。算盤と交渉と契約に強く、お父様の元でしばらく鍛えていただいた、商会に就職希望の経験者が3人ほどいらっしゃるんですが、お店での採用いかがかしら？人柄や能力については、私が保証いたしますわ」

「採用しますっ！」

即答。即答ですよ、アルト会長。全く悩まなかったけど、大丈夫？　いえ、お薦《すす》めしたのは私なんですけど、そんな脊髄反射のように採用して、大丈夫なものなんですか？　商会的に。

この方たちは、お兄様方の学園の先輩です。ユルク王国の学園は、身分を問わず広く学徒を募っていて、能力さえあれば平民でも通え、優秀ならば学費は免除の特待生として学ぶ事が出来る。孤児院出身で、学園の商学科を特待生で卒業した先輩3人が、就職先の商会で出自を理由に不当に扱われた上、解雇されたがどうにかできないかと、お兄様たちから相談されて、ご紹介いただきました。お兄様たちは、先輩方から教科を絞って重点的に勉強を教えていただいて、全教科赤点をかろうじて免れたのだとか。ドヤール家にとっても大恩人ですね。貴族の子息が全教科赤点なんて、こっ恥《ぱ》ずかしいどころではないですからね。前回の試験で、お兄様方は実技以外の教科でそれをやらかして、伯父様よりそれはそれは恐ろしい、教育的指導をされたらしいのだけど。そのお話は長くなるので割愛いたします。

彼らにはしばらくお父様の補佐で働いていただいてましたが、お父様のお墨付きが出るほどの優秀さ。このままお父様の補佐としても十分戦力になりますが、やはりご本人たちの希望は商家で働く事。良い就職先はないかとのご相談でした。

お兄様たちから、私に丸投げ、いえ、全て任せていただいたので、懇意にしているアルト商会にご紹介してみました。「サラナ、よろしく！」と説明もそこそこ、オドオドしている先輩3人を置きざりにして、討伐に向かったお兄様たちについては、伯父様が更なる教育的指導をするとの事なので、お任せしましょう、そうしましょう。

「カイです、よろしくお願いします」

「ギャレットです、よろしくお願いします」

「ビンスです、よろしくお願いします」

若く溌剌《はつらつ》とした即戦力に、アルト会長もニッコリ。出会った頃はうっすらとしかなかった目の下の隈が、最近はくっきりはっきり存在を主張していて心が痛かったのですが、これで少しはアルト会長も休めるかしら。

「サラナ様。少々ご相談が。アルト商会の支店を、ドヤール領内に作りたいと思っているのですが」

「あらまぁ、私も助かりますわ。喜んで資金提供をいたしますわよ？」

アルト会長の言葉に、私は喜んだ。アルト商会は王都にあり、商談のたびにこちらに来ていただくのは大変だったのだ。必要な資金は喜んで出しますよ。前回の卓上ポットの量産体制を整えるための資金も出していたが、ものの2か月ほどで回収出来たのだ。私の商業ギルドの口座には、今でも売上がガッポガッポ入ってきていて、使い途に思案していたのだ。

「いえっ……。資金はこちらも十分ございますので、モリーグ村に支店を置く許可をいただければ」

「え？　この村に支店を置きますの？　確かにこちらには領主邸がありますけど、港町シャンジャの方が栄えていましてよ？」

ここド田舎ですよ？　畑と山が広がるド田舎。夫婦喧嘩をしたら、次の日には、村民全員が知っているぐらいのド田舎。

「シャンジャまでは馬車で半日も掛かりません。馬なら2刻。シャンジャに構えるよりも、サラナ様の動向がすぐに分かるこの村の方が、今後の事を考えて支店を置くに相応《ふさわ》しいと存じます」

ふんわりと微笑むアルト会長。暇人の私の動向なんて、知ってどうするんだろう。

「まあ、アルト会長がそう仰るなら、えーっと、伯父様の許可がいただければ問題ないかと」

「御領主様からの許可をいただいてきました！」

いつの間にやらカイさんが、伯父様のサインの入った許可書を持っている。サインするのが早いわ、伯父様。ちゃんと書類の内容を確認したのかしら。お父様に要報告だわ。

「……本当に優秀ですね」

若干引き気味のアルト様に、私はほほほと笑って誤魔化す。私も引いてるけど、彼らを推薦する立場から、それを知られる訳にはいかない。さすが、お父様仕込みだわ。

「ではこちらの魔石装置付き温冷ファンですが、販売予約などは……」

「まだ領主邸と我が家でしか使っておりませんわ。予約もお父様が執務室内でも使いたいという事で、1つかしら？」

「良かった。まだ今回は猶予が……、猶予があるんですね！」

アルト様が温冷ファンを抱き締め、安堵している。前回は量産体制も整わないまま、注文が百を超えていましたからね。私も反省はしているのです。でも……。

「ただ、お兄様たちが。今回、カイさんたちのご相談で一時帰省しておりましたが、明後日にはまた戻る予定ですの。その時、温冷ファンを1台ずつ持ち帰る予定ですわ」

「あ、明後日！」

希望に満ちていたアルト会長が一転、絶望に打ちひしがれている。

私ももっと早くに相談すべきだと、分かっていたのですよ。でも、実用化テストに思った以上に時間が掛かってしまったのです。ボリスさんもダッドさんも、職人だから安全面とか機能面で妥協しないのですよ。「まだ売り出せるようなものじゃねぇ」と、改良やらテストやらで、ねぇ。

「大丈夫です、会長！　職人たちとの調整は終わっています。契約書案も出来ています。材料調達の目処《めど》も立っています。最終的な職人たちとの面談と、契約書の細かなところを確認していただけますか？」

「え？　え？　そこまで終わっているんですか？」

「前回はアルト商会さんにご無理をさせてしまいましたから、カイさんたちにお願いして、開発と同時に動いてもらっていましたのよ。カイさんたちは本当に優秀で、お父様の補佐をしながら、私たちにもご助力いただいて……。本当にこのままドヤール家で働いていただきたいぐらいですわ」

お父様があの手この手で補佐として引き留めようとなさってましたけど、ご本人たちの商人になりたいという意志が固くて断念してたわ。ショボンとして可哀想なお父様。そうだ！　気分が晴れるように、お父様の温冷ファンには、アロマ機能でも付けようかしら。風と共にふわりと香るアロマの匂い。きっと癒されるはず。

途端に、カイさんたちの顔がグリッとこちらを向く。ひっ。

「サラナ様。アロマ機能とはなんですか？」

カイさんが圧の強い笑みで迫ってきます。

「あら、私、口に出していました？」

「ダッドさんとボリスさんに知らせてきますっ！」

「アルト会長。温冷ファンに機能追加がありそうです。契約書の修正をしますので、確認を」

ギャレットさんが走り出し、ビンスさんが契約書案を修正している。なんて素敵な連携プレー。

優秀すぎて、怖い、怖いわ。

「頼もしいっ！」

ようやく余裕が戻ったのか、アルト会長の愉快そうな顔に、私、ちょっとだけ安心しました。

やっぱり、アルト会長は、笑っている方がいいわね。

大雪に備えて内職仕事を模索しております、サラナ・キンジェでございます。ごきげんよう。

やはり今年は大雪の年でした。ヤンマさんが「当たった～」と宝くじが当たったかのように大喜びしていました。そんなに嬉しいものかしら？　大雪なんですよ？

足がズボズボと埋まってしまうぐらいの大雪は、外出するにも不便です。薪も食糧もたっぷり準備しているので、モリーグ村の皆さんも絶賛、巣籠もり中。皆さん冬の間は、繕いや細工物の内職をするらしいけど、私は自分の飽きっぽさを知っていたので、別の暇潰しを準備しました。

ニージュの花。そう、あの大雪の兆候で、沢山生えている花。花びらが白に赤紫で縁取りされた可愛らしい花ですが、辺り一面その花で埋め尽くされた光景は、まさに狂乱といった感じで、ちょっと恐ろしい。冬の大雪でもニョキニョキ伸びて、降り積もる雪に負けじと顔を出して元気に咲いてますよ、こんにちは。可憐な見かけによらず、逞《たくま》しいわね。

この花は乾燥して細かくし、炒ると咳止めになるらしいが、こんなにいらないわよねぇ。モリーグ村だけで、百年分ぐらいの咳止めが作れそう。

ニージュの花。香りを嗅ぐとフワリと爽やかな、良い匂い。ああこんな香りの香水とかがあれば、売れるかも。

こちらの世界でもエッセンシャルオイルは存在する。どこぞの商会が門外不出で作製方法を秘匿しており、オイルを売っているのはその商会のみ。でも結構香りが強いんだよね、薔薇とか百合とか。ニージュの花ぐらい仄《ほの》かな香りで作れないかなーと試行錯誤して、少しのオイルと、フローラルウォーターが出来ちゃいました。ひゃっほー！

ところで、フローラルウォーターの作製過程で、手がしっとりすべすべになっているのに気づいた。しっとりプニプニすべすべモチモチ、オマケにいい匂い。気持ちいい。

もしやニージュって肌に良いのかなと、鑑定魔法で確認してみました。あら、保湿性に優れているのね。肌荒れ改善の効果もあるの？　これは試してみるしかないいんじゃない。

ドヤール領の冬は、温暖だったキンジェ領に比べ、バキバキに乾燥しているのよ。肌の乾燥が気になっていたのよねぇ。顔が白く粉吹いているし。フローラルウォーターを念のため希釈し、パッチテスト後にお肌につけてみる。ふあー。いい匂い、しっとりすべすべー。フローラルウォーターで保湿した後、潤いを閉じ込めるようにオイルを塗ると。つっぱってガサガサしていたお肌が赤ちゃん肌に……！　素晴らしい！　やっぱり若いとはいえ、お肌の手入れって大事よね。

そして2つ目。ニージュのオイルを使って、リップクリームとハンドクリームを作ります。

前世ではドラッグストアに豊富にあって、気軽に使えたそれらがないって、地味に不便。ガサガサなのよ、唇も手も。現代日本の知識がある私は、冬の必需品がなきゃ生きていけないわ。でもこの世界にはどちらもないし。なければ作ればいいじゃない！　学生時代はアロマにハマって色々作っていたのが役に立ったわ。

お祖父様が張り切って討伐した魔物の中に、でっかい蜂の巣があった。蜂1匹が、犬ぐらいの大きさで、蜂の巣が一軒家ぐらいの大きさがある。それを肩に乗せて、鼻歌混じりに帰宅したお祖父様に、腰を抜かすほど驚いたわよ。家1軒を担いで帰る60代。いきいきシルバーどころの話じゃない。身体強化を使えば誰でも出来るとお祖父様は仰ったけど、魔物討伐に同行してた伯父様と護衛さんたちが、激しく首を横に振って否定していたので嘘ね。蜂蜜は食事に使って、蜜蝋は美容に活用。あら！　これもエコね。前世ではエコバッグすら持ち歩かなかった私が、今世ではこんなにエコに貢献出来るなんて、素晴らしいわ。

蜜蝋と香りつけのニージュのオイル、そしてこの世界で赤ちゃんの肌に塗る、カヤという植物からとったオイルを混ぜ合わせる。カヤオイルは家庭でも作れるほどポピュラーなものだ。少し匂いが独特なので、丁寧に精製すると無臭に近いモノが作れたわ。材料は一緒で、配合を変えればリップクリームとハンドクリームの出来上がり。うん、プルプル。

しっとりプニプニスベスベを手に入れた私は、ルンルン気分で夕食のために食堂に向かう。

そういえば、伯父様が用意してくださった一軒家は、一部をアトリエとして使用していたが、冬に入る前に全てアトリエとして使用する事になった。私たち一家は毎日夕食だけ領主館でいただいていたのだけど、その後、自宅に帰るのが、面倒だったのよね。お父様はもう少しお仕事がしたいと領主館に泊まる事も多かったし……。そうすると寂しくなったお母様が一緒に泊まることになり。1人で帰るのも寂しいでしょうと、私も引き留められ。隣とはいえ、寒いから夕食後に外に出るのは億劫だし。領主館は広いし部屋も沢山あるし、もうここに住んじゃえば？　と伯父様たちに誘われ、そのまま引っ越しちゃいました。ダラダラ半同棲していたカップルが、一緒に暮らし始めた感じね。

私たちがあまり自宅に戻らなかったせいで、使用人さんたちも暇を持て余していたので、アトリエに半分残して、あとは領主館に移ってもらった。アトリエにはダッドさんとボリスさんの泊まり込み部屋や、商会との打ち合わせや会議もあるから、ある程度の使用人さんがいると助かるのよね。

「あら？　サラナ？　なんだか顔色が明るくなったわね？」

夕食後、サロンにて皆で寛いでいたら、隣に座っていた伯母様が私の変化に気づいてくださった。ウフフ。

「それになんだかとても良い匂い。まぁ！　手もしっとりして。頬っぺたもプルプル、え？　唇も？　なぁに？　何を塗ったの？」

「ニージュのフローラルウォーターで、肌のキメが整っているのです。あと、リップクリームとハンドクリームで保湿をしています」

「ニージュ？　あの咳止めの花の事？」

「はい。あの花のオイルとフローラルウォーターを作りました。お祖父様からいただいた、キラービーの蜜蠟も使っています」

伯母様の手に少量のハンドクリームを塗ってみる。しっとりプルプルの肌に伯母様の目が輝いた。お母様も覗き込んできて興味津々だ。

「ご希望でしたら、伯母様とお母様の分も……」

「ぜひお願いするわっ！」

フローラルウォーターとオイルは、パッチテストをして、伯母様とお母様に差し上げた。沢山出来たから、侍女たちにもモニターになってもらう。

「まぁ！　手の荒れが気にならなくなったわ。ピリピリした痛みが治まった！」

「バリバリになってたお肌が、つやつやプルプル！」

「きゃー、マイクに最近いい匂いがするからドキドキするって言われちゃった！」

マイクってヤンマさんのとこに来ている文官さんだよなぁ。ウチの美人侍女に何してるんじゃ。仕事しろ。

領主館の中でつやつやプルプルスベスベがブームになった。女性だけでなく、男性陣にも人気だ。髭剃り後にフローラルウォーターでスベスベなんですって。お祖父様も伯父様もお父様もツヤツヤよ。女性陣なんて、全身に使ってるよ。そんなにバカスカ使われると、作るの大変なんですけど。でも可愛い侍女さんたちに、「サラナ様ぁ。フローラルウォーターがないと、お肌が粉っぽくなっちゃうんです」ってウルウル目でお願いされたら、嫌とは言えないのよ。可愛い女の子のウルウル目に堕とされる、オッサンの気持ちが痛いほど分かるわぁ。仕方ないなぁ、オジサン、頑張っちゃうよ～ってなるんだわ、きっと。

かくして、毎日せっせとフローラルウォーター作りに励んでいると、自称、私の右腕と左腕のダッドさんとボリスさんが、フローラルウォーター作りを村の女衆の仕事にしてはどうかと、持ち掛けてきた。冬の間は繕い物や仕立ての仕事をしているが、その中の1つとしてやらせてみてはどうかと。山のように咲き誇るニージュの花は摘んでも摘んでも無くならないし、私も作っても作っても足りないフローラルウォーター作りに飽きてきていたから、良いかも～と軽い気持ちで了承したら、いつのまにかアルト商会のカイさんが召喚されていた。ニッコニコで利益登録の書類と、アルト商会への委託契約書と、賃金条件の書類が出てきました。わーお、魔法みたいですね。本当に優秀な商人だわ。入社したばかりなのに、すっかりアルト商会の戦力となっていて、お薦めした私も鼻が高いです。

フローラルウォーターを作るための器具は、ダッドさんとボリスさんが作製して村の集会所に設置。女衆の皆様には家から通ってもらう事になるので、大雪の中、大丈夫かしらと心配だったが、歩けないぐらいの大雪って訳でもないので、皆さん、集会所に行くぐらい平気らしい。巷で噂の卓上ポットや温冷ファンヒーターが使えるのも魅力の1つだとか。平民でも頑張って手に入れるのが流行ってるらしいからね。なんだか嬉しいわ。

あら？　気づいたら、フローラルウォーター作りも私の手から離れちゃったよ。また暇だわ。

そういえば、冬に備えて準備していた事をご報告し忘れていました、サラナ・キンジェです。ごきげんよう。

冬といえばお布団の恋しい季節。寒い冬の朝、もう二度と離れないわと燃え上がるカップルのように、お布団と抱き合う至福は皆様もご存知でしょう。あの軽やかながら極上の温かさで私たちを包んでくれるお布団で、二度寝に突入する時の気持ち良さと言ったら、寝すごした後の地獄《遅刻》が分かっていても、甘んじて受け入れてしまうわよね。

ただしそれは前世のお布団の話。今世のお布団、温かいのだけど、重いのよ。一般的な貴族の使うお布団は、何枚も布を重ねたものや、ぎゅうぎゅうに綿を詰めて板みたいになったものや、動物の毛皮など。フォークより重い物を持った事のない、非力で儚げな令嬢代表である私にとっては、重すぎるのだ。何度、重石を乗せられる拷問の夢を見た事か！　寝ながら身動きが取れないって、致命的だわ。

羽毛布団はないのかしら。か弱くて繊細な私のための、羽毛布団は。

そんな時、またしても私の救世主、お祖父様が素敵な魔物をお土産にくださいました。グェーという鳥型の魔物で、大きさはそうねぇ。大人が手を広げたぐらい？　で、鋭い嘴《くちばし》と堅い爪を持つ、目がギロギロした獰猛な雑食の魔物なんですけど。

一戸建サイズのキラービーの巣を持ち帰るお祖父様なら、楽に狩れるのでは？　と思っていましたが、このグェー、大きな群れだと百匹を超えるらしいのです。小さな群れでも50匹は確実なのだとか。集団でワーッとやって来て農作物を荒らしたり、群れで力を合わせて大きな家畜を攫《さら》ったり。一度来襲すると、村や街に壊滅的な打撃を与えるのだとか。なので1匹グェーを見かけたら、直ちに討伐隊が組まれるんですって。あの顔にピンと来たら、一一〇番ね。

ドヤール領はこのグェーの餌場と認識されているのか、他の領に比べ、グェーの飛来頻度が高いらしい。最強の守護神であるお祖父様に、仲間が何度も殲滅されているのに、どういう情報網でやってくるのかしら？　フラッと立ち寄りやすい地形なのかしら？

「サラナ。今日の土産はあまり良いものではないのだ……」

しゅーんとしたお祖父様が、帰ってくるなりそんな事を仰って見せてくださったのが、汚ったないマダラ模様の、目つきの悪い鳥だった。

「あらー」

お祖父様曰く、肉は硬くて不味く、鋭い嘴は防具に使われるけれど、それ以外は焼却処分《使えない》らしい。

嘴ねぇ。何も思いつかないわ。

その時、グェーから羽が、ひらひら落ちた。あら、白い羽？　でもグェーの色は、なんだか汚いマダラ色だけど……。

私はグェーを鑑定に掛けた。肉は硬くて渋みがあり、不味い。食べられるが、腹をくだす。いや、これ、食べたらダメなヤツじゃない？　お腹を壊すんでしょう？　毒じゃなきゃ食べられる判定なのかしら。嘴と爪は武具に向いている。純白の羽は、保温性に優れ柔らかく、軽い。純白？

よく見ると、グェーがマダラなのは泥やら樹液やら血やらで汚れているせいだった。ところどころに白い羽が見える。

「お祖父様、まだ焼却しないで！　腐らないように冷やしてくださいな！」

「うん？　全部か？」

「ええ、お願いします！　確認してみたい事があるのです！　この羽を、あ、胴体部分と翼の部分は分けて、羽を集めていただけませんか？」

「お、おう」

何人かでワラワラと羽を集め始める。胴体部分の羽を一掬《ひとすく》いして目立つゴミを取り除き、水魔法でザブザブと洗う。ある程度汚れが落ちたのを確認し、風魔法で乾かすとふわふわになった。

「白い！　軽い！　これは良いお布団になるわ」

煮沸消毒は必要よね。鍋と、飛ばないように乾かすための、目の細かい網、あとは肌触りの良い布が必要だわっ！

ダッドさんとボリスさんにお願いして、大釜と網を作ってもらう。羽を洗浄、消毒するとまだ色にムラがあるので、少量の洗剤を入れ、再度、煮てみた。うん、真っ白！　風魔法で乾かす。私程度の平均的な風魔法でも十分綺麗に乾いた。侍女さんたちにお願いして縫ってもらった布の中に、羽毛を詰めていく。布は羽毛が偏らないように、キルティング加工にして出来上がり。試作品だからとりあえず作ってみたけど、羽毛が偏らないようにする縫い方や、布から飛び出さない縫い方も研究しなくちゃ。

「軽ーい！」

お行儀が悪いけど、ソファの上で横になって、羽毛布団に包《くる》まってみる。暖かくて軽くて快適！わぁーい。

お祖父様や伯父様やお父様にも試してもらう。秋の始まりとはいえ、風も冷たくなって来た、今日この頃。この快適さは理解していただけると思うの。

「ふぅむ、軽い。あのグェーの羽が、こんなものに使えるとはなぁ」

「焼却処分するしかなかった魔物の羽が、こんないい布団に生まれ変わるとは」

「軽いのに暖かい、不思議ですね」

お祖父様たちがあれやこれやと話し合っている内に、私は侍女さんたちとお布団カバーを作っていた。私は綿素材の吸水性の良いカバーが好きなので、明るい色のコットンを準備してもらった。

お祖父様たちから試作品の羽毛布団を取り返し、カバーをつける。ジッパーはないから横に紐《ひも》を付けて、閉じられるようにした。手際が良いから、あっという間に出来上がった。

「はっ、なるほど。さらに木綿を重ねるのか」

「羽毛布団はそんなに頻繁に洗えませんから、汚れたらカバーを付け替えればいいのです」

感心するお祖父様に、私は上機嫌で答えた。

ふわっふわ。今日の寝床はフワッフワ。

浮かれて寝所に移動しようとした私の肩を、お父様ががっしりと掴む。

「サラナ。利益登録の準備もあるし、羽毛布団の作製についても、まとめなくてはいけないよね？」

お父様の優しい声に、私は震え上がった。仕事を放り出して、どこに行くんだ、お前？　あぁん？　という副音声が聞こえた気がした。

「も、も、も、もちろんですわ、お父様。すぐに取り掛かりますわ」

お布団で昼から惰眠を貪ろうと思っていた私は、冷や汗が背中を流れるのを感じた。お父様、とっても真面目な方なのよね。仕事を放ったらかしになんてしたら、2時間のお説教コースだわ。

「まぁ、軽くて暖かいわ！　カーナ、ちょっと試してみましょうか？」

「あらいいわねー！」

かくして、私はお父様にズルズルと執務室に連行され、お布団はお母様と伯母様コンビに持って行かれてしまったのだ。


色々とあって、お布団作製事業案が、出来上がりまして。

でも圧倒的に手が足りない。村の皆さんは畑仕事があるし。グェーの解体から羽毛洗浄、お布団作りなんて、専門業者さんもいないしねぇ。

そこで、白羽の矢が立ったのは、なんと、孤児院だった。モリーグ村の孤児院には上は13歳から下は3歳までの25人の孤児たちがいる。皆この村の出身という訳ではなくて、よその村や街の孤児院が一杯でここにやって来た子たちだ。孤児院の子どもたちの生活費は、領から出てはいるが、食べさせるのに精一杯なので、小遣い稼ぎのために、子どもたちは普段から村の雑事を手伝っている。

しかし、農村はどこも子だくさんで、子どもの労働力は足りているし、大した賃金を稼げなかった。グェーは年に何度もドヤール領に群れで襲来するし、布団作りを孤児院で行えば、資金が足りず慢性的に困窮している孤児院の定期的な収入になるので、ちょうどいいのではないかと。そう、村の事をよく知るヤンマさんに言われたのだ。でも、私は初め、その提案には反対だった。

子どもをただ働かせるだけでは、根本的な貧困の解決にはならないのだ。低賃金で人手が確保出

来るから、良い労働力としてゴルダ王国でも孤児院の子どもを働かせていたけど、孤児院を卒業した子どもたちは、単純作業しかしていなかったから、孤児院を離れると、外の世界では過酷で低賃金な仕事にしか就けなかった。孤児院出身だとなかなか雇ってもらえないし、運よく勤められたとしても、賃金を不当に搾取する雇い主もいるのだ。

「お父様、子どもには教育が必要です。孤児院を出てからも稼ぐ手段がなければ、子どもたちはいつまでも貧困からは抜け出せません」

前世は児童就業禁止の国で育った私にとって、子どもを働かせるなんて抵抗がある。この世界では平民の子なら10歳前後から小遣い稼ぎに外で働くらしいけど、やっぱり教育って大事よ。親のいないハンデを軽くしてやるのが国の仕事ではないのかしら？

「孤児院の子どもたちに教育をかい？　その費用はどうやって捻出する？　ドヤール領だけでも孤児は数え切れない数がいるんだよ？　領主としては、この子たちに食べさせるのが精一杯だ。目の前の子どもを助けるだけでは、可哀想にと施しを与えるのと変わらないのではないのかね？」

お父様の言葉に、私はプスンと押し黙った。冷静に、冷静に。考えるのよ、サラナ。お祖父様と伯父様が、オロオロとお父様と私の討論を見守っている。心配いりませんよ、お祖父様、伯父様。私、負ける討論はいたしません。

スウと息を吸って、頭を冷やす。一つ一つ、論点を整理して行かなくちゃ。

「お布団の作製にはグェーの討伐が必須ですわ。グェーを討伐しなければ、領内の畑や家畜は荒らされ、甚大な被害をこうむります。討伐はこれまで通り、領主たる伯父様の責務であり、実施は領軍で行うべきです」

　ふむ、と、お父様は頷く。ここまでは納得していただけたようだわ。

「さて、ここで討伐後のグェーの処分について。これまでは嘴と爪のみ、武具の材料として利用し、それ以外は焼却処分をしていました。しかし、グェーの羽を布団に加工する事で、利益を生む可能性が出ました。グェーの羽毛の所有権は領主たる伯父様にあり、布団の作製に関する利益登録は私が行うため、もし伯父様主導での布団の作製、販売を行うなら、私に使用料の支払いが発生し、伯父様は布団作製により出た利益を得る事が出来ます」

「だが、現在のドヤール領では無理だろうね。人手が足りなすぎる。新たな事業を行っても、人手不足で頓挫するだろう」

　お父様の言葉に伯父様がブンブンと、首を縦に振る。魔物が多いドヤール領は、討伐だけで精いっぱいだ。文官より兵士が圧倒的に多いですものね。伯父様も書類仕事が苦手でいらっしゃるし。

「そうですか。では、しばらくはこの事業、私にお預けくださいますか？」

　ニッコリ笑うと、伯父様は首を傾げた。

　領主たる立場で、1つの孤児院を優遇する事は出来ない。他にも財政的にひっ迫した孤児院は沢山あるし、それに、領の予算を孤児院ばかりに割く事は出来ないのだ。

「ドヤール領からの事業の委託を、私が請けます。私が子どもたちに羽毛布団の作製を指導出来る環境を作ります。いずれは孤児院単独で事業が成り立つように、子どもたちには午前中は書類作成、売買、販売などの技術を身に付ける前段階として、文字の練習、計算、簡単な接客を教えます。午後は実際に布団の作製をいたします。いずれは孤児院だけでも商売が成り立つように育て上げれば、十分利益は出るはずです」

「なんだって？」

お父様が驚きの声を上げる。

「人材がなければ育てれば良いのです。実際の仕事をしながら、それに必要な技術を習う。学問と仕事が成り立てばよろしいのですわ。孤児院を、そういう場所にしてしまえば良いのです」

前世では、調理師学校が実際に食堂経営をしているところもあったわね。ああいうイメージなんだけど。初めはやっぱり、赤字だろうけど。今、魔道具のお陰で溜まる一方の私の口座のお金、ちょっとばかし散財したいのよ。事業に初期投資として使えば、節税になるでしょうし。

「どれぐらい羽毛布団が売れるか分かりませんが、子どもたちを将来の文官として、または商人として、育てる費用ぐらいは賄《まかな》えるのではないかしら？」

出来れば孤児院出身を、ハンデじゃなく強みにしたい。あの孤児院を出た子たちならば、即戦力間違いなしと、引く手数多《あまた》になるぐらいの、ブランド力を付けたいわね。

カイさんやギャレットさん、ビンスさんを見ていて、つくづく思ったのだ。才能があり、血を吐くような努力をしていても、孤児院出身というだけで、彼らは真っ当な評価を受けられない。以前勤めていた商会も、言いがかりを付けられ、クビになってしまった。彼らが勤めていた商会には、家を継げない貴族家の次男や3男なども勤めていたらしいけど、そういった人たちは貴族というだけで、仕事が出来なくても商会の中で優遇されていたそうだ。商会としては、貴族を雇っているというだけで箔がつき、格が上がるのだそうだ。

どれほど優秀でも、孤児というだけで、彼らはスタート地点から大いに差を付けられる。同じ仕事をしていても、まず給料が違う。昇任や昇給のスピードが違う。いえ、そもそも、昇任や昇給なんて、望めない事も多い。身分も後ろ盾もなく、身1つでのし上がるというサクセスストーリーは、よっぽどの傑物でなければ成し遂げる事は出来ない。大多数の人は、そこまで至らず、使い潰されて貧しいまま終わるのが現実だ。

でもねぇ。そんなの、なんだか嫌じゃない。頑張った人が、たかが身分のせいで報われないなんて。

前世のただの会社員の私なら、きっと何もしなかった。どこかの国で子どもたちが、貧しさのあまり命を落とすと知っていても、自分の罪悪感を和らげるためだけに募金をして、後は自分の忙しさを言い訳に、義務は果たしたと忘れてしまっていた。

でも今世では、なんの因果か貴族の娘として生まれ変わって。しかも王子妃だなんて、国の問題から目を逸らすなど、許されない立場に立たされて。否が応でもそういった現実に、向き合わなくてはならなかった。それが、貴族として、いずれは王族の一員に名を連ねる者の義務だったから。

今の私は王子に婚約破棄されたキズモノの令嬢で、そんな責任感を負う義務はないのだけど。

貴族の娘として生まれ、王子妃として学び育った私にとって、民を守るべきという義務感は、もうなんというか、骨身に染み付いてしまっているのだ。

それに、冷遇され報われなかったゴルダ王国より、温かく迎えてくださった伯父様たち《おじさまたち》ドヤール領にだったら、尽くしがいがあるというもの。稼いだお金をドヤール領に注ぐことに、全く躊躇いはないわよ！　ホホホ。あら今の私、なんだか格好良いわ。お一人様だとか嫁き遅れだとか誰に馬鹿にされようとも、この生き方に悔いはなし！

まあ、必要なのはお金だけではない。子どもたちに教育を施す必要があるし、そんなの、私１人で出来るはずがないからだ。

実は、補佐&講師には、あてがあるのだ。

まず補佐について。元村長のヤンマさんと一緒に日誌の調査をしている、王宮から来た文官マイクさんの元同僚で、現在求職活動中のルエンさん。

平民から文官になったルエンさんと、男爵家の５男のマイクさんは、身分の垣根を超えた友人なのだとか。貧乏男爵家の５男なんて、下手したら平民より貧しいので、低い垣根ですけどねー、とゲラゲラ笑っていたマイクさん。モリーグ村に来てすぐ、うちの美人侍女と良い仲になっているところからも、その性格がチャラいという事が分かる。ルエンさんはすごく真面目なタイプなんだけど、この２人、何故か馬が合うんだとか。

ルエンさんは平民というだけで、せっかく王宮勤めの文官になったのに、先輩たちに仕事を山ほど押し付けられ、相当ブラックな働き方をしていたらしく、ある日過労で倒れてしまったらしい。３日ほど休んで出勤したらクビになったと。仕事を押し付けていた先輩たちが、ルエンさんがサボっていると上司に嘘をついたらしい。上司もアッサリ信じてクビにするあたり、見る目が無いなぁと思う。で、現在求職中だが、前職をクビになった理由が理由なだけに、なかなか次の仕事が探せないのだとか。

会ってみたら、ルエンさんは本当にマイクさんの友だちなのかと疑うぐらい、ちゃんとした人だった。いや、マイクさん、チャラいだけで仕事は出来るし、悪い人じゃないのだけど。意外な組み合わせで驚いたのよ。ルエンさんは少し話しただけで優秀さが溢れ出ていたので、しばらく私の補佐として働いてみないかと誘ってみた。

成人前の子どもにそんな事を言われ、ルエンさんは驚いていたけど、仕事の説明をしたら、目を輝かせていたのよね。私も色々な事をやりすぎて、書類の山に負けそうだったから、手伝いが欲しかったのよ。暇つぶしで始めた事なのに、解せぬ。そして今回、孤児院の事業でしょ？　ルエンさんがいなかったら、さすがに無理だったわー。

次に、講師。モリーグ村にはヤンマさんのように、現役は引退したけど、まだまだ元気なお年寄りが多くって。その中には元商人とか、元職人とかワンサカいる。自称私の右腕と左腕である、ダッドさんとボリスさんのお父さんたちもそうだ。引退して久しいのに、元気一杯。まだまだ働けるぞーっと、息巻いている。

現役時代には劣るがまだまだ働きたいシルバー層に、講師の仕事はうってつけじゃ無いかしら。同年代のヤンマさんが小麦の栽培日誌の研究という再就職を華麗に果たしたのを見て刺激を受けたのか、お爺ちゃんズは、ワシもー、ワシもーと、毎日のようにダッドさんとボリスさんのところに押しかけて来ては、作業場をかき回す彼らに、ダッドさんとボリスさんはほとほと困っていたのだ。前世の日本だって年金が貰える年齢は引き上がったし、60代なんてまだまだ現役だったもの。よし、どんどん働いてもらおう。羽の洗浄や乾燥のための器具を作ってもらいたいし、技術を子どもたちに伝えてもらいたいわ。

「……なるほど。荒削りだが、なかなか面白い案だな」

お父様がふむふむと頷いている。荒削りと言うか、思いつきですけど。

「……事業として詰めてみよう。バッシュ様、ジーク様、サラナ。付き合ってもらいますよ？」

有能なお父様に火が付いた。お祖父様、伯父様、それに私は、揃って震えた。いえ、提案したのは私なんですけど。お父様、コツコツ型の真面目で大人しい方なんだけど、やると決めたら完璧な仕事を求めるのだ。そこに、妥協という文字はない。そんなお父様の気質を、お祖父様も伯父様もご存知なのだろう。

お父様の柔和な、だけど圧のある笑顔に引き摺《ず》られ、その日は夜が更けるまで事業計画を詰める事になった。

巻き込んでごめんなさい、お祖父様、伯父様。

寒い冬を快適に過ごしたいだけだったのに、どうしてこんなに忙しくなったのか疑問な、サラナ・キンジェです。ごきげんよう。

羽毛布団事業のモデルケースとなったモリーグ村の孤児院にて。元官僚のルエンさんと、ダッドさん、ボリスさんの父親、で元職人のゲンさん、ガンドさん。ゲンさん、ガンドさんのお友だちで、元商人のドンさん。そして、孤児院の子どもたちの代表である13歳のマオ君と対面し、アルト会長の笑顔が引き攣《つ》っています。引退したお爺さんズはゲンガンドントリオですね。

ええ、今回は、だいぶ形になり始めた羽毛布団事業の、販売会議でございます。アルト会長に「ぜひご参加ください」とお手紙を書きました。アルト会長は、すぐに来てくださったのですけど。

「サラナ様……。温冷ファンヒーターの売れ行きが大変好調で、カイ、ギャレット、ビンスもフル回転で働いているのです……」

計画を聞いたアルト会長が、弱々しく仰います。イケメンが弱り切った顔で、忙しくて死にそうなのですと、訴えています。知ってます、でも。

「私、アルト商会しか信頼出来る商会がなくて……」

しゅーんとすると、アルト会長がビクッと身体を震わせた。

「それに、今回はドヤール領の事業ですので、羽毛布団の作製はこちらの孤児院で行うのです。アルト商会には、販売を委託したいのです」

「羽毛布団？」

こういう時は現物を見せるのが一番！　私は試作品第12号をアルト会長の目の前に広げた。

色鮮やかな花の刺繍が施された布団カバー。フワフワぬくぬくの羽毛布団。これは全て孤児院の子たちで作り上げたものだ。

私のイメージでは、孤児院の子たちは日々の暮らしに困窮し、小さくなって寂しげに暮らしているものだったのだが、とんでもなかった。子どもたちも、彼らを世話する職員たちも、大変パワフルだった。貧しくて満足な食事がとれなくても、雨漏りと隙間風に悩まされていても、工夫と努力で苦しい日々を笑いに変えていた。そして、自分たちの生活を、未来を、切実に変えたがっていた。

私が羽毛布団作製事業の話をした時。最初は、いくら領主の姪の言う事でも、うさん臭く思われていたのだけど。交渉の末、なんとか事業に関わってもらい、その成果が表れ始めた時の、彼らのキラキラした瞳といったら、どんな宝石よりも綺麗だった。未来に光を見出したような、そんな希望に満ち溢れていた。

孤児院の子どもたちに、羽毛布団の作製工程を教えると、すぐに自分たちで工夫を凝らし始めた。元職人、商人のゲンさん、ガンドさん、ドンさんの厳しい指導にも全く臆する事なく、むしろどんどん質問して、ベテランたちと切磋琢磨して仕事に打ち込み、教えをグングン吸収した。

元々、子どもたちは色々な内職を日頃からこなしており、縫い物や工作に慣れていたのも幸いした。

「これは、なんと美しい。刺繡も美しいですが、この軽さで、この暖かさ。これは本当に孤児院で作られた商品ですか？」

アルト会長が羽毛布団を手に、驚きで目を瞬《またた》かせる。そうよね、すごいわよね。わずか数か月でこの出来栄え。私も驚いたわ。

刺繡の入ったハンカチやお菓子など、孤児院で作られた物をバザーなどで販売する事はこれまでもあった。貴族や裕福な商人が慈善の一種で購入するのだ。しかし、この羽毛布団はそれとは一線を画する。確実に商品として、貴族や富裕層に売れる。

「もちろんだっ！　お嬢に作り方を習って、師匠たちと一緒に俺たちが作ったもんだ！」

赤髪の子は勝気な子が多いと言うけど、マオはアルト会長の言葉に、カッとしたように怒鳴った。

途端に、元商人のドンさんに、痛そうなゲンコツを喰らっている。

「なんだ、その口の利き方は！　言い直し！」

「はいっ、すいません、師匠！　……もちろんでございます。こちらはサラナお嬢様よりご教授いただき、師匠たちの助力もいただきながら、当孤児院で作製したものに間違いありません」

マオはビシッと背を伸ばし、人が変わったように、丁寧な口調と所作で言い直した。おぅ、前に会った時よりマオの動きが洗練されてる。短い時間で良くここまで身についたなぁ。やる気が凄いからね。

「えっ、こ、この孤児院の子ですよね？　商会の見習いとかではなく？」

「ウフフ。午前中は子どもたちの学びの時間なんです。算学、文字の読み書き、言葉遣いやマナー。ここにいるベテランの皆様に、午前中は講師、午後は仕事の監督をしていただいています。子どもたちの伸びが凄くって！　皆、簡単な算学と読み書きをマスターしましたわ」

一番下の子はまだ3歳よ？　市場の買い物でお釣りの間違いを指摘出来たって、意気揚々と報告してきたのよ？　逞しいわ。

「え？　お、教えているんですか？　ここで？」

一般的な孤児院の子どもたちは、領主からの援助と内職などで生計を立てているので、教育を受ける暇などない。

「ええ。今から教育して優秀な人材を育てます。そうすれば、いずれは孤児院単独で、この事業を運営していけますわ。事業が上手くいけば、領主からの援助も必要なくなるのではないかしら？」

そのために今、孤児院の院長は経営学を学んでいる。こちらも子どもたちのためになるならと、すごい熱意で吸収してるよ。いずれは商品の販売も出来るように、規模を拡充したいなぁ。

「まだ子どもたちの教育と布団の作製で手一杯なのです。ですから販売をアルト商会さんに……」

「やりますっ！」

おっと。アルト会長の表情が変わった。おや、ちょっと目がウルウルしていないかしら？　どうしたの？

「わ、私も地方の貧乏男爵家の5男で。幼い頃は内職と畑仕事ばかりで、満足に勉強も出来なかった。学園に通う余裕もなくて、商会に見習いで入っても読み書きも算学も苦手で苦労しました。こんな、こんな素晴らしい教育を、孤児院で受ける事が出来るなんて！　ぜひ、協力させてくださいっ！」

「アルト会長ならそう言ってくださると思いました」

わぁーい！　困った時に頼りになるアルト会長。ありがとう。

ニッコニコでお礼を言ったら、アルト会長が顔を赤くして、フニャッとした笑みを浮かべた。あら、可愛い。

「アルト会長。こちらが現在の羽毛布団作製スケジュールです。まだ数は作れませんが、販売価格はこれぐらいで、コストはこれぐらい……」

ルエンさんがすかさず書類をパッと広げる。アルト会長は真剣に書類を読み込んでいる。販売価格や経費などについては、この2人に任せておいて大丈夫だろう。

「お嬢。試作品をもらっても良いって本当か？」

マオ君がコソコソと話しかけてきた。子どもたちは初め、私の事をサラナお嬢様と呼んでたんだけど、小さな子たちにはサ行の発音が難しいらしく、「シャラニャオジョウシャマ」と何かの呪文のようになってしまった。結局、色々と検討した結果、「お嬢」という短い呼び名に落ち着いたらしい。なんだか前世のアンダーグラウンドな家系の娘のような呼び方に聞こえて、私は落ち着かないんだけどね。

「構わないわよ、マオ君。孤児院で使ってる薄い紙みたいな布団よりはマシでしょ？」

洗濯しすぎて擦り切れ、向こう側が透けて見えそうな布団は、もはや布団とは言わない。これまで作った試作品は山ほどあるので、皆で使えば良いと思うの。

「ただし、ちゃんとモニターしてね。使用してみて、改良の余地があるなら、それらも、まとめておく事」

「分かってる！　羽毛が縫い目から飛び出すのを防ぐために縫い方の工夫出来ないかって、みんなで検討してるんだ。単に布を分厚いものにしたら布団の軽さが活かされないしさぁ」

いっぱしの開発者のような口振りだが、孤児院の子どもたち全員が、こんな風に改良点を常に考えている。小さい子たちの突拍子もない思い付きが採用されたりと、なかなか面白いのだ。

教え子の考え込む姿に、講師のお爺さんズはニマニマしている。教え子たちの成長が嬉しくて、たまらないみたいなのよねぇ。厳しいけれど、孫の成長を見守る好々爺の顔をしています。

「サラナお嬢様。アルト会長との調整が済みました。ほとんど修正はなしです」

ルエンさんとアルト会長がニコニコ笑顔で契約書を持ってきた。後は、領主たる伯父様のサインがあれば終わりのところまで仕上げている。さすがルエンさん、仕事が早い。

「今回も素晴らしい商品をご紹介いただき、良い商売をさせていただけそうです。孤児院での作製は、貴族の皆様の興味を惹きそうですね」

「慈善ではなく本当に欲しいと思ってもらえる商品を作り出せれば、子どもたちの自信と自立に繋がるでしょう。これが成功出来れば、領内の他の孤児院でも試してみる価値はあります。どれぐらいの需要が望めるかは、アルト商会に掛かっていますから、宣伝と販売をお願いしますね？」

「心得ていますっ！」

アルト会長の張り切った声に、私は笑みを浮かべた。彼には色々と無理を言ってる自覚はあるのだ。でもこうして、いつだって笑顔で応えてくれて、こちらが思った以上の成果を出してくれるから、ついつい甘えちゃうのよね。ホント、良い人と出会えたわぁー。

なんて。アルト会長を眺めながら、しみじみそんな事を考えていたら。

「…………素晴らしい」

契約書をもったルエンさんが、震えた声でそう言ったかと思うと、突然、その場に平伏した。

「サラナ様っ！　私、感動しました！　なんと素晴らしいお考えでしょう！　子どもたちに教育を施し自立を促すっ！　このような恵まれた孤児院など、国中探してもありませんっ！　このルエン、地の果てまでもサラナ様に付き従い、誠心誠意仕えさせていただきます」

あ。始まっちゃった。

「おー、今日も出たなぁ。ルエンの土下座賞賛」

「毎日よくそんなに褒め称える言葉を思いつくもんだな」

「まぁ、サラナ嬢のやる事はたしかに凄いですからねぇ」

ゲンドンガントリオがニヤニヤと土下座するルエンさんを笑っているが、彼らが言う通り、ルエンさんのこれは毎日の事なのだ。雇ってもらえた事が嬉しかったのか、やたら大袈裟に、毎日、私を褒め称えてくる。やめてと言っても止まらない。仕事は早くて完璧で、前世で言うところの有能パーフェクト秘書みたいなのだが、なんとなく残念臭が漂っている。有能なのに。

すでに見慣れた光景なので、私たちは特に驚きもしなかったが、アルト会長は驚いていた。まぁ、そうだよね。さっきまでテキパキ仕事していたのに、いきなり訳の分からない事を叫んで平伏したんだから。でもルエンさん、仕事は本当に出来る人だし、ある意味無害な癖だから、アルト会長にもなんとか慣れていただきたいわと思っていたのだが。

「……分かりますっ」

アルト会長はルエンさんに駆け寄ると、その両肩に手を掛け、力強く頷いた。

何が？　何が分かるの？

「サラナお嬢様の発想力は何より素晴らしいのですが、それを事業化する手並みときたら、熟練の文官や商人も、顔負けです。しかも利益のみを追求する訳ではなく、そこには必ずドヤール領に益を落とせるよう、地元の生産者を大事になさるのです。確かに大手商会のようにお抱えの工房や職人に仕事を卸せば経費は抑えられますが、その分の損をサラナ様が被っても、領内に仕事を卸せば、回り回って領全体が潤うからと……！　私はいくつか貴族家の方とお取引をさせていただいておりますが、これほどお優しく、慈悲深く、領民を大事になさる方は初めてです」

アルト会長の言葉に、ルエンさんの顔がパァッと輝く。

「えぇ、えぇ！　アルト商会さんとのお仕事についても、書類などで見せていただきました！　貴族向けの商品は豪奢でも、平民向けには出来るだけ価格が抑えられていて！　素晴らしい商品を貴族だけで独占せず、民にも広げようと言うそのお心が素晴らしく……」

「分かっていただけますか、ルエンさん！　サラナお嬢様の素晴らしさが！」

盛り上がる2人を前に、私は恥ずかしさで全身が熱くなっていた。いや、地元還元って、領主一家に連なる者として当たり前よ？　領が潤えばその分、税収も良くなり、さらに領内の整備にお金遣えるじゃない？　そしたらまた税収が上がったり、要らぬ経費を削減出来たり、良い事ばっかりだよね？　普通に考える事だよね？

「いやー。ルエンの仲間が増えたなぁ。まぁ、アルト商会の若造は、最初っからお嬢贔屓《びいき》だからなぁ」

ゲンさんがカラカラ笑いながら呑気な事を言っているが、笑ってないで止めてくれ。恥ずかしいじゃない。

「無理ですよ。良い事っていうのは、語り合いたくなるもんだからな」

ガンドさんもニヤニヤするだけで、止める気配がない。

「領内の孤児院の午前中学習については、すでにサラナ様が私財を投げ打って始めているなんて知ったら、余計に感激するでしょうね」

ドンさんが更に火にガソリンを投入しようとしている。ヤメれ、恥ずかしくていたたまれないわ。

「そのうち、お嬢の宗教でも作るんじゃねぇの？　あの２人」

マオ君。割と本気モードで冗談言うのやめて。笑えないわ。

私はいつまでも盛り上がる２人を前に、気持ちを無にしていた。早く仕事しろ。

カイ、ギャレット、ビンスの出会い

カイ、ギャレット、ビンスが育ったのは、ユルク王国の王都にある、小さな孤児院だった。

親を亡くした子ども。事情があって親とは暮らせない子ども。親に捨てられた子ども。様々な事情で集まった子どもたちを、一緒くたにして詰め込んだ場所。そこが孤児院だ。雨風をしのげる場所、粗末な食事、固くてかび臭いベッド。カイ、ギャレット、ビンスに与えられるのは、そんな、生きるために必要な最低限の施しだけだった。

鬱屈とした孤児院での生活で、子どもたちに許されるのは、夢を見る事だけだった。ご馳走を腹いっぱい食べる、大きなケーキを丸ごと独り占めする、親が迎えに来てくれる、金持ちの家の養子になる。そんな、叶うはずのない夢を、真っ暗な部屋の固いベッドの上で思い描いて、明日への希望を繋ぐ。そうでもしていないと、不安と、寂しさと、悲しさで、押しつぶされてしまうから。

カイ、ギャレット、ビンスの夢は、商人になることだった。時折、孤児院に金や食べ物や衣服を寄付をしてくれる、裕福な商人たち。彼らは余裕があれば、孤児院の子どもたちに、色々な話をしてくれた。船で別の国に行った話、商談に成功して、山のような金貨を手に入れた話。彼らの話はどれも胸がワクワクした。３人はいつしか、将来は一流の商人になって、こんな風に大金持ちになるんだと決めていた。


だが、孤児院の子どもたちが商人になるのは、並大抵の努力では成し遂げられるものではない。第1に、商人ならば読み書き、計算が出来なくてはならない。孤児院で教えられるのは、かろうじて自分の名前の綴りぐらい。なんとか読み書きが出来るようになりたいと願っても、孤児院の職員からは、勉強をするぐらいなら、内職をして日銭を稼げと叱られる始末だった。

だが３人にとって幸いなことに、孤児院に文字や計算の教材が寄付された。どこぞの貴族家の子どもが使ったものだったが、もう子どもが大きくなって要らなくなったので、寄付されたのだ。誰も見向きをしなかったその教材を、３人はかじりつくようにして読み漁った。読み方や分からないところは、職員の機嫌のいい時を見計らい、必死に頼んで教えてもらった。課せられた内職は手を抜かず、彼らは寝る時間を削って、必死に勉強を続けていた。そんな彼らを見て、孤児院の職員も思うところがあったのか、勉強を手助けしてくれるようになった。空き時間に勉強を見てくれたり、教材の寄付を募ってくれたり。些細《ささい》な手助けだったけど、それに応えるように、カイ、ギャレット、ビンスたちの学力は、ぐんぐんと上がっていった。

こうして、カイたちが孤児院を出る15歳になった時、大きな転機が訪れた。王立学園への入学だ。平民にも広く門戸を開く学園の特待生枠に、カイ、ギャレット、ビンスは挑戦することになった。特待生になれば、学費どころか王立学園の在学中に必要な一切の費用が、国から支給される。学園を優秀な成績で卒業すれば、商会に就職することも夢ではない。と、今まで以上に寝食を削り試験勉強に励んだ結果、３人そろって、無事に特待生枠を勝ち取ることが出来た。合格を知らせた時、孤児院の子どもたちどころか、職員たちまで、涙を流して祝ってくれた。

希望を胸に入学したカイたちだったが、その希望は、あっという間に厳しい現実に飲み込まれた。王立学園に通うのは、大部分が貴族、そして、裕福な平民の子だ。彼らは幼い頃から家庭教師が付けられ、学園に入学する頃にはある程度の基礎学力が備わっている。カイたちとはスタート時点ですでに学力に差があるのだ。周りが難なく読み進める教材も、カイたちには文字を追うのがやっとだった。

それでも成績を落とすことは出来ない。普通の生徒とは違い、特待生は赤点など取ろうものなら即退学だ。カイたちは必死に食らいついて、授業についていった。それでも、孤児院にいた頃より、はるかに恵まれていた。疑問を持てば答えてくれる教師がおり、学園の図書館は自由に使える。内職や雑事に囚われる事もなく、ただ勉強に没頭出来る生活。以前よりも集中できる環境で、カイたちの成績はどんどん伸びていき、1年生の終わりには学年上位に名を連ねるようになった。

学園での生活は、勉学の面では順調だったが、それ以外はそうはいかなかった。孤児である彼らに偏見の目を向けてくる同級生が多く、彼らは周囲から空気のように扱われるか、税金の無駄遣いなどと揶揄されるのがほとんどだった。結果、彼らは3人だけで過ごすことが多く、学友と呼べるほど親しい者は、他には出来なかった。

だが、3年の、長いようで短かった学園生活ももう少しで終わるという頃に、思いがけない出会いがあった。

「うううう。もうダメだ。俺はきっと、帰ったら殺されるんだ」

「兄さん、諦めちゃダメだよ。1教科ぐらい頑張ったら、もしかしたら半殺しぐらいですむかもしれないじゃないか」

そんな物騒な声が聞こえたのは、人気もまばらな図書館だった。そのあまりに悲痛な声に、カイ、ギャレット、ビンスのペンは、ぴたりと止まる。

「マーズ、そんな、ありもしない希望を抱くな。お前、前の長期休暇の時の親父の怒りを忘れたのか」

「うううう。兄さんやめてよ。思い出したら胃が痛くなってきた」

3人から少し離れた席。2人の男子生徒が、大量の本を前に、頭を抱えて呻《うめ》いている。

シルバーブロンドと鋭い緑の瞳の、よく似た顔立ち。3人は彼らを知っていた。ヒュー・ドヤールとマーズ・ドヤール。勇猛果敢な辺境伯家の年子の兄弟。剣や魔法の実技に関しては、上級生すら敵わず、騎士団や魔法師団から大きく注目を集めている有名人だ。

そんな2人が、恵まれた体軀を小さく丸めて、机に突っ伏して苦悩しているのだ。気にならないはずがない。

「そうだ！　それならいっそ、殺られる前に殺ろう！　俺とお前で同時に掛かれば、いくら親父でも倒せるかもしれない」

「馬鹿じゃないの、兄さん。前の休みに試して、俺たち、瞬殺されたじゃないか。気絶したところを魔物の森に放置されたんだよ？　俺、本気で死ぬかと思ったよ」

「うううう。じゃあ、どうしろっていうんだ！　このまま大人しく殺されるのを待つのか？」

「いや、だから、勉強頑張ろうって言ってるんじゃない。ろくなこと企んでないで、1ページでも読む努力してよ」

マーズに怒られ、ヒューは口をとがらせる。

「お前だってその問題、朝から1問目で止まっているじゃないか」

「……だって、書いている意味が全然分からないんだよぅ」

涙目の弟にそう言われ、ヒューはなんとも言えずに肩を落とす。

カイ、ギャレット、ビンスは勉強で疲れた目を擦《こす》った。不思議だ。あの筋骨隆々の熊みたいな辺境伯家の兄弟に、しょんぼりと力なく垂れる犬耳と尻尾の幻が見える。

「あの……、どうかしたんですか？」

そのあまりに悲痛な声としょぼくれた様子に、これまで散々貴族から嫌な思いをさせられた事も忘れ、カイはついつい声を掛けてしまった。ギャレットとビンスが、ぎょっとしたようにカイを見ている。

「え……？　あ！　カイ先輩？」

辺境伯兄弟の兄、ヒュー・ドヤールが、カイを認めて目を見開いて驚いている。

「カイ先輩？　あのクソ意味分からない理論学のリー教授がべた褒めしていた、カイ先輩？」

「うわ。ギャレット先輩と、ビンス先輩まで！　うわー。本物の特待生の先輩だ！　いっつも学年上位10名の掲示に名前が載っていますよね！　尊敬します！　あ、ごめんなさい、俺たち、うるさかったですか？」

今度はピコーンと犬耳が立ち、尻尾をぶんぶん振っている幻覚が見える。辺境伯兄弟には、３人を特待生だとか、孤児だとか、蔑む様子は全く見られない。それどころか、憧れの目を向けられている気がする。

「い、いや、うるさくはなかったですけど……。なんだか殺すとか、殺されるとか、色々、物騒な話が聞こえてきたので」

「あ、すいません。変な話を聞かせてしまって。今度のテストも赤点確実なので、親父に殺される前に殺っちまおうと、弟と相談してまして」

「違うよ、兄さん。赤点を１教科でも回避しようって話だったでしょ」

「赤点……」

物騒な話はとりあえず聞かなったことにして。ちらりと彼らの机に目を落とせば。なんだかやたらと綺麗なままの教科書とノート。ちょっと見ただけなのに、テスト範囲の一番初めで躓《つまず》いているのが、すぐに理解できた。

辺境伯家兄弟。実技テストは学年どころか学園一の成績であるにもかかわらず、座学は赤点ばかりというのは、本当だったらしい。

「親父の奴、自分が学生だった頃は赤点ばっかりだったくせに！　息子には無理難題を押し付けやがって」

ぎりりとこぶしを握り締めるヒューに、マーズは空虚な目を向ける。

「でも、俺たちよりはマシだったって、爺ちゃんが言ってたよ。全教科赤点は、さすがにありえないって」

「全教科赤点……」

それはたしかにありえない。貴族でも、よく退学にならないものだ。実技が飛びぬけているので、なんとか退学を免れているのか。

「ええっと……。どこが分からないんですか？」

見かねたギャレットが、問題を覗《のぞ》き込む。ビンスも３人の勉強道具を辺境伯家の兄弟の机に移し、マーズの横に座った。

「「どこって……。最初から全部？」」

こてんと首を傾げる、子犬のように素直な辺境伯家兄弟。

まずい、思ったよりもヤバイ状態だった。

カイ、ギャレット、ビンスは、即、行動を開始した。手助けしようかどうしようかなんて、迷っている時間も、もったいなかった。

「ギャレット、ヒュー様の前回の試験から、赤点回避が可能そうな教科を探してくれ。ビンスはマーズ様のを。俺は試験の過去問から、今回出題されそうな問題をあたる」

「了解。ヒュー様。前回の試験用紙はありますか？　ないなら部屋に取りに行きましょうね？」

「マーズ様はどうですか？」

「「え、え、え、え？」」

目を白黒させる辺境伯家兄弟に構わず、とりあえず教科を絞って、過去問を繰り返し解かせた。分からないところは理解するまで繰り返し説明し、無理なら丸暗記させる。

そうして試験まで数日間、付きっ切りで勉強を教えた結果。なんとか、狙った教科は赤点を取らずに済み、辺境伯兄弟の命は長らえたのだった。ちなみに、付きっ切りで教えていて自分の試験勉強はろくに出来なかったカイ、ギャレット、ビンスだったが、成績を落とすこともなく、今回も成績上位者に名前を載せていて、辺境伯家兄弟から、さらなる尊敬を受けていた。


「う、う、う、う。先輩方。卒業おめでどうございばすー」

「商会への就職、おめでどうございばずー、ざずがでずー」

試験が終わっても、見た目とは裏腹に素直で可愛い辺境伯家兄弟と、カイ、ギャレット、ビンスの交流は続き。３人が優秀な成績で学園を卒業する時も、兄弟は涙と鼻水を垂らしながら、盛大に祝ってくれたのだ。

「ありがとうございます、ヒュー様、マーズ様。僕らがいなくても、ちゃんと試験勉強、頑張ってくださいね？」

「出来る気がしませんー、でも、がんばりばすー」

「がんばりばずー」

素直な子犬の兄弟は、耳と尻尾を垂らして、心配になるようなことを言いながらも、涙で見送ってくれた。カイ、ギャレット、ビンスも、先輩の名に恥じぬよう、就職先である商会でこれからも頑張ろうと、張り切っていたのだが。


「お前ら3人、クビだ」

勤めて数か月で、あっさりと3人は商会をクビになった。

わずかな給金を渡され、文字通り商会を叩き出された3人は、呆然としていた。

彼らがクビになった理由は、新たに貴族出身の従業員を雇うためだった。付き合いのある貴族家から、息子を雇って欲しいと言われた商会長が、彼を雇うための人件費を捻出するため、カイたちをクビにしたのだ。1日も早く一人前の商人になるため、朝は他の従業員たちより早く出勤し、夜も遅くまで働き、誰もが嫌がる仕事も笑顔で引き受け、頑張ってきたつもりだったが。カイたちのそうした努力よりも、貴族という身分が重用されたのだ。

「悪い事をしたな、お前たち。まぁでも、仕方ないだろう。お前たちは孤児なんだから」

新しく雇われた貴族家の息子は、学園の同級生だった。同じ商学科に通う生徒だったが、成績はハッキリ言って、カイたちとは比べ物にならないぐらい悪かった。それでも、選ばれたのは彼だった。

「お前たちみたいな卑しい身分の者に、こんな大きな商会の従業員なんて勤まるはずがないよ。孤児の従業員なんて、商会の格にもかかわるだろう。せいぜい下働きぐらいで、満足していれば良かったのだ」

貴族家の息子はそうせせら笑って、商会長に下にも置かない扱いで、迎え入れられていた。

「ふん。お前たち3人の給金でも、彼1人分には足りぬが、それ以上の価値が、彼にはあるのだ。最初から彼に働いてもらえていたら、お前たちみたいなクズにいらぬ給金など、払わなくてすんだものを」

彼を通して、他の貴族家との取引も増えるだろう。高い給金を払ってでも価値があるのだと、商会長は笑っていた。

文句を言う気力も何もなくなって、カイたちはとぼとぼと自宅へもどった。学園を卒業後、寮を出てから、3人は節約のために共同で部屋を借りていた。

「はぁー。どうしようか、これから」

「また、就職活動をするか」

「どこの商会が雇ってくれるんだよ。あそこだって、ようやく雇ってもらえたのに」

学園に通いながらいくつもの商会で面接を受けて、ようやく雇ってもらえた商会だった。孤児院の出身だと、手癖が悪いだろうと決めつけられ、初めから相手にされない事も多いのだ。そんな中、賃金は安くても、なんとか雇ってもらえたというのに。

　惨めだった。どんなに努力しても、結局は自分たちではどうしようもない身分でしか、判断されないのだ。結局、孤児はどうしたって、変われやしないのだ。

　３人がそう、暗く俯《うつむ》いていた時。

　どっかんばったんという音と共に、馬のいななきが聞こえた。

「先輩、先輩、先輩、先輩ー！」

「早く、早く、早く、早くー！」

　嵐のような勢いで、つい数か月前に涙ながらに別れを告げた辺境伯家兄弟が、カイたちの狭い部屋になだれ込んできた。

「先輩、先輩、早く、荷物まとめて！」

「急いで。俺たち、休暇が３日しか取れなかったんですー！　リー教授から、先輩たちが商会をクビになったって聞いて！　でも３日で帰って来いって！　それ以上は、門限破りで校庭を百周させるって！」

「ヒュー様？　マーズ様？」

「大家さんにはお金払って、部屋を引き払うってもう言ったんで、早く早くー！」

　ろくな説明もないまま、辺境伯家兄弟に急かされ。荷物をまとめた３人は、辺境伯家兄弟が準備していた馬を昼夜走らせて。気づけば兄弟の故郷、ドヤール領にいた。

「おお！　思った以上に早く着いたな！」

「やれば出来るな。俺たち！」

やたらと元気一杯の兄弟に比べ、３人はヘロヘロだった。なんだかやたらと長閑な村の大きな屋敷の前で、へたり込む。

「サラナー、ただいまー」

「サラナー、先輩たちの事、よろしく！　仕事、探しているんだって！」

「兄貴！　討伐に行こう、討伐！　俺、一晩中馬に乗ってたから、身体を動かしたい！」

「お、いいな、行くぞー」

カイたちを置き去りにして、嵐のように辺境伯家兄弟は、森の奥へと去っていった。

そして残されたのは、まだ成人前に見える、可愛らしい少女と、理由が分からぬまま連れてこられた、カイたち３人。

「まぁー」

濃青の瞳を丸くして、小さく声を上げた少女は、辺境伯家兄弟が去った森を困ったように見ていたが、気を取り直したように丁寧に挨拶してくれた。

「お初にお目にかかります。サラナ・キンジェと申します。皆様方は、お兄様たちのご友人ですか？」

うっとりするような優雅な所作に見とれていたが、カイたちはハッとなって、居住まいを正した。

「は、はい。学園で、ご一緒させていただきました！　カイです」

「ビンスです」

「ギャレットです」

「まぁぁ。お兄様たちが、お世話になったようですわね。どうぞ、中にお入りくださいな」

サラナに穏やかにそう言われたが、カイたちは躊躇った。辺境伯家兄弟は、孤児のカイたちとなんのてらいもなく接してくれたが、はたして、彼らの家族までそうであろうか。身分の卑しい者を、家に入れるのを嫌がるかもしれない。中に入れたとしても、普通は正面玄関からではなく、裏に回れと言われるものだ。

「あ、あの。私たちは、平民で、こ、孤児……、でして……」

「はあ、そうですか。まぁ、詳しいお話は、中でお伺《うかが》いいたします。お兄様方から説明を聞くより、皆様からお話を伺った方が、早い気がしますわ」

にっこり微笑まれて、カイたちはあっさり中に通されたのだった。もちろん、正面玄関から。

「まぁ。そんな理由で商会をクビに？」

サラナと、その父親のセルトの前で一部始終を話したカイたちは、綺麗な部屋でお茶やら菓子やらでもてなされて、身の置き所がないぐらい恐縮していた。学園でマナーは叩き込まれているが、貴族様のお眼鏡に叶うのかも分からない。それにこんな高そうな茶器や皿を割ったらどうしようと、不安ばかりが募る。

「学園での成績も、優秀じゃないか。凄いねぇ。これでクビにするなんて、もったいない」

セルトに3人分の成績表をしげしげと見られ、そう褒められ、恥ずかしさと誇らしさに、3人は全身が熱くなった。

「ドヤール家では文官の数が不足していてね。もし君たちさえよければ、次の仕事が決まるまで、私の仕事を手伝ってもらえないかな。この成績なら、即戦力だよ。なんの問題もない。ぜひ働いてほしいんだよ。ホントにもう、最近、やたらと新規事業が多くて、手が足りなくてねぇ」

セルトがしみじみそう言って、サラナが笑みを深くする。なんとなく触れてはいけない雰囲気が漂っていたので、カイたちは何も答えられずにいた。

「商人とは勝手が違うかもしれないが、契約書類や収支報告など、手の付けやすいものから手伝ってくれるだけで助かるよ」

にこりと穏やかに微笑まれ、セルトにそう言われ、カイたちは驚いた。商会で働いているときは、店の掃除や荷運びなど、下働きや力仕事が主だったからだ。帳簿や書類の扱いは、身元のしっかりした従業員にしか、任せられないと言われていた。

「あの、そんな、よろしいのでしょうか。私たちは、孤児なんですが。そういった書類は、身元のしっかりとした人たちが、処理するべきでは……」

そう、確認するように、恐る恐るギャレットが聞くと。セルトはますます、笑みを深くする。

「おや。ドヤール家の次期当主と、その補佐たる弟が、君たちの身元をしっかりと保証しているではないか。わざわざあの2人がここまで連れてきて、サラナに託したのだ。それだけで信用に値する人物だと分かるよ」

カイ、ギャレット、ビンスは、その言葉を聞いて、ぎゅうっと胸の奥が痛くなった。身分を気にせず、初めて自分たちを、評価してもらえたのだ。

ああ、そういえば。あの辺境伯家の兄弟たちは、初めから自分たちを色眼鏡で見ることなく、尊敬の眼差しを向けてくれていた。いつだって、身分なんか気にせずに、3人の努力を、凄い凄いと称えてくれていた。

それだけでこのドヤール領がどういう場所か、分かるような気がして。そんな場所に連れてこられて、3人は泣きそうな気分でその幸運に感謝した。

「お父様。託したというよりは、カイ様たちを放り投げて、遊びに行ってしまいましたのよ、お兄様たち」

「サラナや。遊びじゃなくて討伐だろう？　大丈夫、お2人には、ジーク様がしっかりお灸を据えてくださるよ」

セルトの言葉に、サラナは目を丸くする。

「あら。それは大変。可哀想なお兄様たちのためにも、厨房にお願いして、せめて好物を、準備してもらいますわ」

「ふふふ。ジーク様に絞られすぎて、食欲がなくなるかもしれないよ？」

「お兄様たちに限って、そのような事、ありえませんわ」

感動する3人には、目の前の父娘の間で交わされる物騒な会話は、耳に入ってこなかった。

そうして。嵐に巻き込まれたような気分のまま、ドヤール家で働き始めた3人だったが。

カイたちの優秀さに惚れ込んだセルトから、手伝いではなく、正式に文官にならないかとあの手この手で引き留められ。3人の商人になりたいという意思が固いと知ると、こちらが申し訳なくなるぐらい、しょぼんと残念がられてしまい。

見かねたサラナに、アルト会長に引き合わされ。3人は、無事、商人としての新たなスタートを切ることになった。

あの孤児院で、幼い頃に憧れた、一流の商人に。

3人の夢が叶うのも、時間の問題だろう。

CHAPTER

第2章

王族と初コンタクトしました、

サラナ・キンジェです。ごきげんよう。

Tensei shimashita, Sarana Kinje desu.

Gokigenyou.

優秀すぎる勤勉な秘書が良く働いてくれるので、冬は内職三昧でございます、サラナ・キンジェです。ごきげんよう。

私の専属秘書のルエンさんが、有能すぎるがゆえに孤児院の羽毛布団事業は、完全に私の手を離れています。私、最終決断をするだけ。私の個人資産も、一部は好きに遣ってねーと、ポイッと預けたら、忠犬のようなルエンさんは大胆に事業投資し、お陰様で領内の孤児院が全て羽毛布団作製学校になりました。小さな孤児院はいくつかを統合し、多少の混乱はありつつも事業は順調です。投資した分は倍返しになりそうだと、ホクホク顔のルエンさんに言われ、ちょっと戦慄しました。おかしいわ。税金対策と社会貢献のための資金提供だったのに、増えるなんて。

講師も増やさないと対応は難しいと思っていましたが、ゲンドンガントリオが現役時代の職人、商人ネットワークをフル活用。弟子に後を譲って暇だったり、怪我で現役時代のような動きが出来なかったり、優秀だけど現役時代のようには働けない人たちを集め、講習会を開き、各孤児院に配置してしまいました。いきいきシルバーネットワーク、侮り難《がた》し。

今では孤児院の職員、講師陣たちが羽毛布団作製について研究、研鑽を重ねております。講師陣の中には、引退者だけではなく、現役バリバリの職人さんたちも混じるようになり。なんだか人気らしいですわよ、孤児院兼職人養成学校。職人たちの自由な意見交換の場としても活用出来るし、うちの弟子も、勉強のために通わせたいって問い合わせが殺到しており、認知度も高まった。

しかしこれだけ専門家が揃うと……。はあ、私、またアウェイです。モリーグ村孤児院の３歳児ですら、今では羽毛布団作りの専門家ですもの。やだわ、３歳児の専門家なんて。生き急がないで欲しいわ。もうちょっと無邪気に遊びなさいな。

仕方がないのでフラワーローション作りを始めても、モリーグ村の女衆の内職になっちゃったし。モリーグ村の女衆にまで、お嬢と呼ばれ始めてしまったし。こんなに逞しいおかみさんたちにまでお嬢と呼ばれたら、モノホンの筋者に見えてしまうじゃない。

もう貴族令嬢らしく、大人しく刺繍とか頑張ってみましょうか、大雪でお散歩にも行けないし。秒で飽きそうですが。


さて、そんな大雪の最中、ドヤール領主邸に衝撃が走りました。なんと、王族がいらっしゃるそうです。

ドヤール領の新たな名産となった、魔石装置付き卓上ポット、魔石装置付き温冷ファン、ニージュのフラワーローション、リップクリーム、ハンドクリーム、羽毛布団は、王家に献上しています。もちろん、王家献上品ですから、通常販売とは違い、特注品。卓上ポットと温冷ファンはキラッキラの細工を施し、宝石などもあしらって豪華絢爛。羽毛布団は金糸や銀糸を使った豪華仕様。フラワーローション等も飾り細工のついたお洒落な木箱に入れて。全て一般発売前に献上させていただきました。

立て続けに新商品を献上したせいでしょうか。王家がドヤール領に興味を持たれたようで。王弟殿下が急遽、ドヤール領の視察にいらっしゃる事になりました。視察場所はモリーグ村。何もない田舎ですけど。何を視察なさるのでしょうか？　2時間ぐらいで村1周出来ますけど。ほとんど山と畑ですけど。

王弟殿下は国王陛下とは年が離れていらっしゃって、現在17歳、だったかしら。王都にある学園に通っていらっしゃるとか。非常に剣の腕がよろしいらしく、将来は、騎士団の中心となるべく鍛錬なさっているとか。凄いですねー。

さてその王弟殿下が、このど田舎モリーグ村にいらっしゃるので、ドヤール領主館はなんとなく浮き足立っております。ド田舎といっても、辺境伯家ですので、使用人たちも一流ですけど、伯父様一家は良く言えば大らか、まぁ、ぶっちゃけ、大雑把な方たちなので、家の雰囲気は緩めなのです。私はそっちが気楽ですけど。使用人さんたちが、王族のオモテナシに戦々恐々としている中、私が王子妃教育を受けていた事を思い出した伯母様に、使用人たちのマナーや所作をチェックして欲しいと頼まれました。そういえば、受けてましたね、王子妃教育。もちろん、ゴルダ王国でですけど、隣国で友好国であるユルク王国のマナーも叩き込まれましたよ。どこで役に立つのか分からないから面白いわねぇ、知識って。もちろん、お引き受けしました。

王弟殿下からの先触れがあってからの2週間、ドヤール領主館内ではマナー講習会が日夜開催されました。皆さん、そもそも気を抜かなければ大丈夫なレベルの方たちばかりなので、それほど苦労はありませんでしたけど。オモテナシの準備も、伯母様とお母様と一緒に再三チェックしたので、問題ないでしょう。滞在は1週間のご予定らしいですが、気を抜かずに頑張りましょう、おー。


そうしてとうとう、その日はやってきた。

少人数ながら、煌《きら》びやかな侍従さんと護衛さんを引き連れて、王弟殿下がいらっしゃいました－。

王弟殿下はユルク王族固有の銀髪、切れ長の銀の目、色香が漂う大変な美形さんです。均整のとれた体軀は17歳にして既に完成品。騎士を目指しているとお聞きしましたが、ゴツすぎず、貧弱でもない細マッチョ。おぉ、さすが王族。華やかですね。伯父様を筆頭に臣下の礼を以てお迎えしました。

「急な視察の申し出を受けていただき、感謝する」

冷ややかな声が掛かったのを合図に、私たちは顔を上げた。無、ですわね。なんの感情も見えません、王弟殿下。気乗りのしない視察を、国王陛下に押し付けられたのかしら。

「我がドヤール領にお越しいただき、歓迎いたします、王弟殿下」

伯父様は無表情の王弟殿下に、素敵な笑顔を向けます。日頃、獰猛な魔物相手に剣を振るっているので、不機嫌な17歳の王族ぐらいでビビったりはしないようです。『面倒くせぇなぁ、討伐に行きてぇ』というボヤキが、笑顔の向こうに透けて見えるようですが。いいえ、あくまで私見ですわよ。

伯父様の作り笑いは、完璧ですとも。

「こたびの献上品の数々、陛下よりお褒めの言葉があった。どれも画期的なものばかりだ。ぜひともドヤール領内を視察し、国の発展に寄与する成果をもたらしたい」

「は。ユルク王国のお役に立てますのでしたら、幸いにございます」

伯父様が丁寧に頭を下げるのに、私たちも一斉に倣《なら》う。

「そちらが、ゴルダ王国から来たラカロ卿か」

王弟殿下の視線がお父様に向かいます。お父様はさらに深く頭を下げました。

「はい。我が父の養子となり、ラカロ男爵を継ぎました、セルト・キンジェ・ラカロ男爵です」

お父様はユルク王国に移住する際、ゴルダ王国での爵位は返上しましたが、キンジェの名を名乗る事は許されました。家名を名乗るのが許されるというのは、身分は平民に変わりはないのですが、全くの平民よりはほんのちょっと格が上なのです。キンジェ家の歴史は長いし、別に不祥事を起こしたわけでも、破産したわけでもありませんからね。ゴルダ王国も、その辺は、配慮したのでしょう。その後、お父様はユルク王国でお祖父様の養子になり、お祖父様の持っていたラカロ男爵位を継ぎました。

お祖父様が昔、ラカロ地方で三つ首竜を討伐した時に褒賞として賜《たまわ》った爵位だそうです。お父様は爵位を固辞していましたが、ドヤール領で働くには爵位持ちの方が何かと便利です。例えば、領主の定期報告で王宮に上がる時などですね。爵位がないと王宮内には入れない場所もあるし、そうなると定期報告資料作りはお父様任せの伯父様が、困る。物凄く困るようです。伯父様からの土下座の懇願もあり、渋々、爵位をいただいたようです。本人は、もう貴族イヤーと、愚痴ってましたけど。

なので、私も正確にはサラナ・キンジェ・ラカロとなる。うん、長い。男爵令嬢ですって。私も貴族はもうイヤー。平民のままで良かったのになー。

「ドヤール辺境伯を良く助けているようだな。王宮でも、ドヤール領からの報告書が、詳細かつ分かりやすいと評判だ」

「有り難きお言葉、光栄です」

お父様、緊張なさってるわー。王族相手の社交、久しぶりですものね。今日はお父様の温冷ファン、癒しのアロマでフル回転ね、きっと。

王弟殿下御一行様は、しばしお休みいただいた後、早速とばかりに、視察について話し合う事になった。1週間で献上品の全ての製造工場をご視察なさるんですって。あははー。全部モリーグ村にあるわ。そりゃ、この村に来ますよね。

王弟殿下との視察の調整のため、広々した応接室に入り、ちょこんと座っていたら、王弟殿下の銀の瞳が冷ややかに細められた。

「視察の話し合いに未婚のご令嬢が立ち会う必要があるのか？　私はまだ婚約者がいないが、ここには仕事で来ている。余計な話をする暇はない」

ブリザードも真っ青の、王弟殿下のお声に、室内に緊張が走る。

要約すると。未婚の王族が来たからって、娘を売り込むなと仰っています。当方、非売品ですが。献上品の作業工房の視察だから、私、同席しているんですけど。他に余計な話なんてしませんけど。なんの話をされると、警戒されているのかしら。自意識過剰ー。初対面のご令嬢を睨みつけるなんて、紳士としてもどうかと思うし、人としても失礼ですわよー。感じ悪ぅ。

心の中ではそう思っても、王族に意見なんてしませんよ、ええ。

それにしても、王弟殿下、勘違いですよー、あはは、とは言えない雰囲気。困惑するドヤール家側。お祖父様はちょいキレ中。いかん、フォローせねば。

「大変失礼いたしました。退室いたします」

私は王子妃教育で培った礼を披露し、退席する。部屋を出る際、王族の我儘《わがまま》には祖国で慣れっこなので、やれやれって顔のお父様と、説明の一切合切を自力で乗り切る事になり、死にそうな顔になってる伯父様にガンバレと目線を送った。こういう事態も予想して、お父様と伯父様には献上品についての知識は全部叩き込んだから、まぁ……、大丈夫でしょ。ごめんね、伯父様。

前情報として。聞いていたんだよね。王弟殿下、女嫌いだって。特に適齢期の令嬢は、全部アウト。縁談の話題を出すと、ブチ切れるって。

まぁ。17歳といえば、多感なお年頃だし。あのルックスと身分で、群がるご令嬢も多そうだし。嫌気がさしているのかもね。仕方ないわぁ。

ニコニコ顔で退出し、それじゃあフリーだし厨房でも覗いてこようかなーと歩き出したら、王弟殿下の侍従さんが追いかけてきました。

「サラナ嬢、申し訳ありません。殿下がキツいお言葉を……」

キラキラ殿下の侍従さんもキラキラキラ美形ですね。侍従の採用基準はキラキラか？　綺麗な栗色の柔らかそうな髪と、女性のような整った優しげな顔立ち。確かお名前はレック・エルスト様。エルスト侯爵家の次男だったかな？　お父様は、宰相閣下だ。重鎮の息子だわ。気をつけなくっちゃ。

「お気になさらないでください、エルスト様。私が出しゃばってしまったのがいけないのです」

私は困惑半分、反省半分といった表情をしてみる。間違っても傷ついたわ、という顔をしてはいけない。王弟殿下の仰った通り、婚活してたと思われるからね。なんか過剰反応されたけど、私も誤解されるような振る舞いしちゃったわ、すみません、という態度に徹しますよ。

「殿下は国王陛下の信頼も篤く、大変有能な方なので女性にも大変人気でして。まだ婚約者がいらっしゃらない事もあって、夜会や茶会でお近づきになろうとするご令嬢も多いのです。そういう女性に、殿下は辟易されていらっしゃいます。殿下自身は、ご身分に相応しくあろうと、慎重な振る舞いをなさっておいでです。サラナ嬢も、あまり軽率な振る舞いは、なさらない方がよろしいでしょう」

おっと、この物腰柔らかなエルスト様。婉曲にお前は殿下に釣り合う身分じゃないから、勘違いするなと釘刺してますよ。王弟殿下とは別のタイプの感じ悪さだわぁ。優しげな顔してエグい。うふふ。こういうやりとり、懐かしいー。よく祖国でやったなぁ。平和なドヤール領では無縁だったので、すっかり忘れてたわ。

「まぁ、殿下のご身分に相応しい、素晴らしい方との出会いがございます事を、一臣下としてお祈り申し上げますわ。殿下のご配慮、有り難く受け止めます」

殊勝な顔で一礼すると、エルスト様は満足そうに頷き、部屋に戻っていった。あー、鬱陶《うっとう》しかった。

しっかし、女嫌いの王弟殿下ねぇ。タイプは違えど、見目麗しい側近たちは皆男性って、……あら？

あー……、察したわ。なるほどなー。そういう嗜好って、ユルク王国では寛容なんだ。ゴルダ王国では、あまり受け入れられるものではなかったけれど。私は特に偏見はないけどね。という事は、あのキラキラ侍従さんたちと視察に来た殿下って、ハーレムを引き連れてこっち来たってこと？　うわー、引くわ。真面目に仕事して欲しい。気まぐれイチャイチャ旅行に、巻き込まれる方は迷惑よ、全く。

きっとエルスト様が第1夫人的な立場なんだろうな。第2夫人的立場なのは、どの侍従さんかなーと、私は勝手な予想ランキングを作って、楽しむ事にした。

国王と王妃と王弟

学園の長期休暇に入ってすぐ、兄である国王陛下に呼び出され、兄の執務室に向かうと、そこには国王、王妃両陛下が待っていた。

「おー、トーリ。久しぶりだなぁ。学園から成績優秀だと、報告が届いていたぞ」

「トーリ様、お久しぶりです。また背が伸びられたのではありませんか？」

「兄上、義姉上、お久しぶりです」

温かな笑顔で迎えられ、自然と頬が綻《ほころ》んだ。年の離れた兄は、先王が亡くなってすぐに即位して以来、数年経つが、一国の王となるべく生まれたような立派な方だ。先頃、後継たる嫡男にも恵まれ、ますますその立場は盤石になりつつある。

年の離れた弟である自分には、まるで父のように頼り甲斐があり、いずれは王弟として兄を支える日を思うと、喜びを感じる。

義理の姉の王妃も、幼い頃から兄の婚約者として接してきているので、血の繋がりはないが最早実の姉のようなものだ。だが、その義姉から、揶揄《からか》うような視線を向けられ、なんだか嫌な予感がした。

「トーリ様。シュネッツカ侯爵家のご令嬢に冷たくしたんですって？　侯爵夫人が夜会で大袈裟に騒いでいましたよ」

義姉の言葉に、嫌な予感が早速当たったとうんざりする。シュネッツカ侯爵家の令嬢は、確か学園に通う２つ下の令嬢だったか。

「学年も違うのに休み時間のたびに私の教室に押しかけてきて、なんだかんだと付きまとってきた、ご令嬢ですね」

「お茶会でお会いしましたが、可愛らしい方ではありませんか。お気に召さなかったの？」

確かに、容姿は可愛らしくあったが。

「ご令嬢に、侯爵家の領地の特産である鉄鉱山についてお聞きしましたが、ろくにお答えいただけませんでした。話の内容は流行のドレスや宝石、歌劇で人気の俳優。一体、学園に何をしにいらっしゃっているのか」

呆れながらそう、シュネッツカ家のご令嬢を評すると、義姉上は眉をひそめた。

「あらまぁ。末っ子のご令嬢とはいえ、ずいぶんと甘やかされているのねぇ」

「……学園に通うご令嬢方の話題は皆、似たり寄ったりですよ。兄上や義姉上が通っていらっしゃった時より、ずいぶんと緩んでいる」

ユルク王国は祖父の時代から大きな戦もなく安定した治世を保っている。そのせいか、学園に通う子息、令嬢たちも、気が緩んでいるというか、学生の間は自由が許されるという風潮が蔓延している。兄や義姉が通っていた頃は、国の政策や自領についてなど侃々諤々と議論を交わし、身分や学年を超えて学生たちが切磋琢磨していたと聞いていたのに。入学してからそんな学友ばかりで、ガッカリしたものだ。

国王を支える王弟として、厳しい勉強、鍛錬が当たり前だった自分にとって、他の学生たちとの落差は激しい。幸いにも、周りの側近たちがある一定以上のレベルがあり、彼らとなら会話も苦にならない。他の者とは、くだらぬ話題ばかりだとしても、社交も必要であると理解しているので、我慢して通っている状態だった。

「お前なぁ。昔は良かったなどと、年寄りの台詞だぞ？　他にお前の胸を撃ち抜くような、麗しい令嬢はいないのか？」

兄の呆れた様子に、俺はますます警戒を強めた。

「まさかこのお呼び出しは、また、見合いの話ではないでしょうね？」

まだ婚約者のいない俺の相手を、兄夫婦はなんとか見つけようと必死になっている。心配を掛けているとは思うが、遊びの事しか頭にない令嬢など、お断りだ。

「いやいや、違う。お前に視察に行って欲しいのだ。ほれ、お前も興味を持っていただろう？　ドヤール領だ」

「ドヤール領……」

その言葉に、俺は熊みたいな年子の兄弟を思い出した。ヒュー・ドヤール、マーズ・ドヤールの辺境伯家の兄弟。実技は抜群に成績が良いのに、座学は苦手だったな。いや、今年に入ってから、座学の成績も急激に良くなっていた。いつもは中の下当たりの順位をウロウロしていたのが、夏期の休暇後は、2人とも上の下辺りまで成績が伸びていた。赤点を取る事も、補習を受ける事も無くなっている。次期辺境伯とそれを支える弟としては、喜ばしい変化だ。

また、最近、ドヤール領では目を見張るような研究、発明が相次いでいる。小麦の栽培日誌から発見された小麦の病気とその対処法、気象の法則性。王宮の研究所からの要請で、日誌の解析に、ドヤール領へ文官が派遣されるほど、注目を浴びている。

日を置かずして、クズ魔石を使った魔道具が開発された。ドヤール家の兄弟が学生寮に持ち込み、大騒ぎになった品だ。魔石装置付き卓上ポットは簡単に湯が沸かせ、わざわざ食堂に出向かずともお茶が淹れられると、寮住まいの学生たちに大人気だ。同じく魔石装置を使った温冷ファンも、火のクズ魔石を使用すれば温かな風が流れ出す。お陰で大雪でも薪代を節約する事が出来ると、平民の学生たちが喜んでいた。

「孤児院での教育や羽毛布団の作製、新たな化粧品の開発など他にも目覚ましい成果を上げている。それらに全て、辺境伯の妹婿、ラカロ男爵が関わっているようだ」

「セルト・キンジェ・ラカロ男爵ですね」

先頃、前ドヤール辺境伯の養子となったラカロ男爵は、曰く付きの男だ。元は隣国のゴルダ王国の伯爵位にあったが、ラカロ男爵の娘が、子が成せぬ事が判明し、ゴルダ王国の第2王子との婚約が解消された。1人娘の婚約解消に失意の男爵は、ゴルダ王国での爵位を返上し、妻の兄であるドヤール辺境伯を頼って、一家でこのユルク王国に移住をしてきた。ラカロ男爵は、元々、ゴルダ王国でも勤勉、実直な切れ者と評判だったが、ユルク王国に移住してから、その功績は目覚ましいものだ。

「ゴルダ王国の第2王子が、婚約を破棄し聖女と再婚約したのは驚いたが、ゴルダ王家も金の卵を産む鳥を、みすみす逃してしまったようだな。平民の王子妃を迎えたはいいが、教養も後ろ盾も足りず、派閥が割れて苦労しておるようだ」

国内の貴族や諸外国の貴賓への対応一つ満足にこなせず、第2王子自身も不出来で、フォローが出来ない。幾度も国内外の貴族の前で失態を繰り返し、第2王子だけでなく、ゴルダ王家の求心力もジリジリと下降線を辿っているようだ。

「我が国は儲《もう》けたな。知恵者を得たおかげで、今年の大雪に充分備える事が出来、領主たちにも恩を売る事が出来た。ふふふ、今年はほとんどの領で蓄えがあったおかげで、大雪の被害もほぼない。悩みの種だったクズ魔石の集積場も、この調子なら次の夏までに今の集積量の4分の1は処理出来そうだ」

「それほどですか？」

魔物から出るクズ魔石は、ある一定量、まとめて放置すると、魔力が漏れ出し土地を汚染する。使い道もなく、処理にも気を遣うクズ魔石は、人里離れた山などに作られた集積場に埋めていたが、そこもそろそろ一杯になりそうだった。新たな集積場を作るのも、地元の村などに嫌がられるので、候補地を探すのも一苦労だった。それが、魔石装置の開発で急速にクズ魔石が使用され、その量を減らしているのだ。

「単にクズ魔石を使って温める、冷やすという構造の装置だが、卓上ポットや温冷ファンだけでなく、汎用性が高い。アルト商会では、魔石装置を使った卓上の調理器具や、保冷機能付き食糧庫など、ドンドン新しい魔道具が開発されているぞ」

アルト商会。まだ商売を始めたばかりの、新参の商会だが、ドヤール家との契約後はメキメキと業績を伸ばしている。王都の本店の他に、ドヤール領内にも支店を構えたが、他の領からも支店を開いて欲しいと依頼が殺到していると聞く。現在はほぼ、ドヤール領の専属商会としての役割を担っている。

「ドヤール領。楽しみですね」

興味深い事が多い。そしてあの伝説の前辺境伯バッシュ・ドヤールと、騎士団長と互角に戦うとも聞く、現辺境伯ジーク・ドヤールに会えるのも楽しみだ。学園に通うドヤール兄弟も、学園では抜きん出た強さを誇るが、その祖父と父の実力も、自分の目で確かめてみたい。

「陛下。ドヤール領の視察、お受けいたします」

俺は好奇心に躍る胸を抑えながら、兄に恭しく礼をした。

「よろしいのですか、あなた。正しい情報を与えないで」

楽しそうに悪巧みをしている夫を睨め付けながらも、王妃の目は笑っている。

「良い。あやつの驚くのを、想像するだけでも楽しい」

喉の奥で笑いながら、王は妻と視線を交わす。

「全く、あやつの女嫌いには困ったものよ。とっくに妃を決めなくてはならぬ年なのに、頭でっかちに育ちよって」

「陛下も昔はあんな感じでしたわ。他家の令嬢を厳しくやり込めるところは、特にそっくり！　あの頃、私が、どれほど苦労してフォローしたか……」

自分の事を棚に上げた夫を、王妃は叱りつける。王は肩をすくめた。

「まあまあ。俺はお前という素晴らしき伴侶がいたから、態度を改める事が出来た。あやつには俺の時のように、愛しく賢い女と出会って、目を覚まして欲しいのだ」

その言葉に、長年連れ添っていても変わらぬ、初々しい照れを見せる妻を楽しみながら、王は手元にあった書類に目を通す。そこには、ラカロ男爵の娘、サラナ・キンジェ・ラカロの報告書があった。隣国での評判から、婚約解消の経緯、ユルク王国へ移住してからの暮らしぶりが、詳細に記してあった。

「読めば読むほど面白い。父親が上手く隠れ蓑になっておるが、サラナ嬢が本当の知恵者なのだろう」

利益契約は商業ギルドで厳密な調査が行われ、正式な利益者が登録される。親子であっても、代理で登録など出来ない仕組みだ。ドヤール領で最近利益登録された商品たちは、すべてその名義はサラナになっていた。

「ドヤール領にいる文官の報告によると、サラナ嬢は貴族としての地位にも名誉にも、興味がないらしい。これほどトーリの理想通りで、魅力的な令嬢に、欠けらも興味を持たれなかったら、トーリはどう思うであろうな？」

意地悪く笑う王に、王妃は眉をひそめる。

「トーリ様は見目麗しく、優秀な王弟ですよ？　興味を持たぬ貴族令嬢が、この国におりますでしょうか？」

「分からんぞ。サラナ嬢は己の口を養うどころか、他の者も充分食わせる財を、己1つの才覚で作り出したほどの才女だ。まだ13歳という若さでだ。身分も地位も興味なければ、トーリのように女性に辛辣な態度をとる男は、敬遠されるのではないか？」

「……トーリ様。本当はお優しい方なんですけどねぇ」

「ああも頑なだと、良からぬ噂が立ってしまう」

近頃の夜会では、実しやかに、王弟の男色疑惑が広がっていた。常日頃から女を寄せ付けず、見目麗しい側近たちに囲まれており、側近たちも主人である王弟の女嫌いを理解し、令嬢たちを排除するので、余計に噂に拍車を掛けているようだ。

「こんな噂が浸透した後に、トーリに意中の相手でも出来てみろ。相手に誤解されて、逃げられたりでもしたら、目も当てられん」

夜会での噂を聞いている王妃は、ため息をついて同意する。男性よりも、女性同士の方が、容赦のない噂が飛び交っている。このままでは、トーリの縁談がまとまるのは難しいだろう。

無駄かもしれないが、トーリの好みそうな、優秀な女性に接する事で、せめて女性に対する嫌悪感だけでも薄められないかと命じたドヤール領視察だった。

それがこれほど劇的な効果を上げるなどと、この時は誰も予想していなかった。


王弟殿下御一行様の側近たちの中で、誰が一番ご寵愛を受けているかランキング表の作成が終わりました、サラナ・キンジェです。ごきげんよう。暇ですわね、我ながら。

王弟殿下御一行様の視察は明日以降から開始されます。そこには当然、私は付き添いません。ラッキー。これでヒューお兄様とマーズお兄様からの、お土産の本を読む時間を確保できました。そうそう、お兄様たち、冬期休暇で学園より帰省されています。学園がお休みだから、王弟殿下も視察にいらっしゃっているので、当然お兄様たちもお休みですわね。忘れてました、ホホホ。

しかしお兄様たち、夏期休暇の際、私が学園の宿題をお手伝いしたのに味を占めたのか、手土産の本を餌に、まんまと今回もお手伝いを約束させられてしまいました。あのいつもの可愛い子犬顔で、私の教え方が上手いから成績が上がったんだーなんて無邪気におだてていましたけど、ちゃんと宿題は自分でやってくださいね？　私、あくまでお手伝いですわよ？

なんだかんだと冬の間も忙しくなりそうですが、とりあえず視察の間は、私、事業の方には関われそうにないです。王弟殿下のご機嫌を損ねそうですし、下手に出しゃばって王弟殿下から叱責をいただこうものなら、今度は孫バカのお祖父様も黙っていないでしょう。

最初の王弟殿下の出しゃばるな発言の後、お祖父様を宥めるのがどれだけ大変だったか。不機嫌なお祖父様におねだりして甘え倒して、ようやくご機嫌を取り戻したのよ？「サラナ、お祖父様が前に狩ってくださった、キラービーが欲しいのです」と、口元に両手をグーで当てながら、ぶりっ子全開で頑張りました。今の人は、ぶりっこじゃなくてあざといって言うのかしら？　どちらにしろ、恥ずかしさが限界突破して、何か大事なものを無くした気分になったわ。

さて、視察はハブられながらも、さすがに晩餐にはご一緒いたします。私はお母様の隣の末席で、気配を消して小さくなっていますけどね。いつもはお祖父様の隣に、席を準備されていますけど。今考えると、序列的にはダメだったわ。お祖父様の、お口にアーンを阻止するのに必死すぎて、隣の席に甘んじていた私を殴ってやりたい。そこは伯父様の席だわ。

私がメインのお肉を堪能しながら、なんとなく会話に意識を向けると、王弟殿下はお祖父様が未だに魔物の討伐をしている事に、驚いているようだった。気持ちは分かります。

「さすがは伝説の英雄と呼ばれるだけはある。最近討伐した魔物は？」

「最近……？　ああ、最近はこの辺りでは珍しい、モーヤーンが少しばかり出ましたなぁ」

お祖父様は気のない様子で、王弟殿下にお返事なさっています。英雄の話を聴きたくて、必死に話し掛ける若者たちへの塩対応っぷりは、見事なものです。孫娘への無尽蔵なラブを、若者たちにも少し分けてあげたらいいのに。嫉妬なんて、少ししかしませんよ、私。

「あれはドヤール領にはなかなか出ない魔物ですから、驚きましたね。寒いのが苦手だと聞いていたのに、雪を蹴散らして、こちらに襲い掛かってきましたから。真っすぐしか進まないので、倒しやすくはありますが」

伯父様が仕方なくと言った様子で、素っ気ないお祖父様をフォローしている。中間管理職も、大変だ。

「寒さで食い詰め、凶暴化しておりましたが、まあ、飛びもしない魔物でしたから、手応えはそれほどありませんなぁ」

それにしても。お祖父様と伯父様が、ウサギでも仕留めた軽さで語っているけど、モーヤーンってあれよね。お祖父様がこの間下さった、お土産。大型バスぐらいデカい羊だったけど、そっか。あれが、お祖父様たちにとって、手応えなしの魔物なのか。飛ばなくても大型バスが突進してきたら、恐ろしいと思うのだけど。

「ドヤール領にモーヤーンが？　あれは、エルスト領でも手を焼いている魔物なのです！　何頭ぐらい出たのですか？」

エルスト様が頬を紅潮させて、叫んだ。今日もしっかり王弟殿下の隣の席をキープしている。さすが第1夫人。

「何頭だったかの」

「10頭ぐらいじゃないですか。小さいのもいましたよね」

お祖父様と伯父様が、適当な数を言っている。いやいや。もっといたでしょうが。

「モーヤーンか。群で行動して畑の作物を食べ尽くす、厄介な魔物だな。それに素材も大したものは取れない。雄のツノは武具の材料として使われるようだが、肉は柔らかいが臭みがひどいので食べられないしな」

王弟殿下の言葉に、エルスト様が勢いよく頷く。

「そうなのです！　我がエルスト領の気候は温暖なのでモーヤーンが住みやすいのか、討伐が追いつかぬほど大量に出るのです。モーヤーンの討伐依頼は、冒険者ギルドで割りに合わないと不人気な依頼なので、仕方なくエルスト領の領兵で討伐しているのですが……」

へぇ。エルスト領ってドヤール領より南の領地だったよなぁ。モーヤーンが沢山出るんだ。やっぱり、地域によって出る魔物も変わるのねー。

「うん？　モーヤーンの肉が臭くて食べられないのですか？　美味しかった覚えがありますけど？」

伯父様が不思議そうに、王弟殿下の言葉に首を傾げる。

「うむ、美味かった！　柔らかくて旨味があった。噛み締めるたびに肉汁が口いっぱいに滲み出て、ワシはお代わりをした」

お祖父様の思い出し食レポに、私もモーヤーンの味を思い出した。確かに柔らかくて、旨味が多くて、美味しかった！　私は、お代わりはしなかったけどね。

「え？　モーヤーンですよね？　凶暴化すると目が赤く光り、突進してくる？　毛が絡まって剣が通りにくい」

エルスト様が怪訝な様子で、モーヤーンの説明をしてくれる。怖っ。大型バスが目を光らせて突進してくるの？

「うむ。頭が黒いヤツだ。別に、毛のない頭を刺せば絡まりはせんがな」

お祖父様は剣で、頭を狙うんですね。身体の割りには頭がすごく小さかったけど、そんなのよく刺せるな。止まっていても難しいと思うのに、突進してくるんだよね。ダーツより難しいんじゃない？

「……モーヤーンに間違いないようです。しかし、あの肉は食べられたものじゃないはず……」

困惑するエルスト様に、お祖父様は仕方ない、といった顔をする。あ、嫌な予感。

「サラナや。こないだワシが、お前に土産としてやったモーヤーンを覚えているかの？」

はい予感的中。お祖父様の言葉に、王弟殿下御一行様の視線が、こちらに向けられる。ドレスも地味めにして、気配を消していたのに。

「はい、覚えております」

仕方なく私がそう答えると、お祖父様が先ほどの塩対応が嘘のようなニコニコデロデロ顔で、私に首を傾げる。あら、可愛い。

「そのモーヤーンの肉がな、ワシは美味かったと記憶しているんだが、エルスト領で取れるモーヤーンは臭みがあって、食えたものではないと言うんだ。ドヤールに出たモーヤーンとは、何か違いがあるのかのぅ」

ああ、お祖父様はモーヤーンの種類が違うと思っていらっしゃるのか。

「私は、エルスト領のモーヤーンを拝見した事はございませんので、確実な事は言えませんが……」

私が発言すると、王弟殿下御一行様の視線が鋭くなる。別に喋るぐらい、いいでしょ。そもそもお前らが来たから私は大人しくせざるを得なかったんであって、いつもは家族皆で、和気藹々《あいあい》と喋っているのよ。お邪魔虫は貴方たちの方なんですからね。

「いただいたモーヤーンも、だいぶ臭みの強いお肉でした。なので、臭み取りを徹底的に行い、色々な薬味に漬け込んでみました。そうしたら、あのように美味しくなったのです」

「臭み取り？」

エルスト様が、聞き慣れない言葉に眉をひそめる。貴族のボンボンは料理の事なんか知らないか。いや、こっちの世界の料理は、あんまり発達してないからなぁ。臭みもそのまま、気にせずに食べちゃうのよ。

「ええ、臭み取りです。お肉を塊で茹《ゆ》でたり、乳製品に漬けたり、お酢に漬けたり。モーヤーンの肉は、乳製品に漬けた時が一番、臭みが取れました。あと、香辛料と薬草と一緒に焼いて、あの味になったのです」

「ああ、香辛料が利いて美味かったな。ステーキ1つに、それだけ手間がかかるのか。大変だな」

伯父様が、納得したように頷く。そうなんです。モーヤーンのお肉は、料理長さんたちと試行錯誤しながら、ようやく食べられるようになったのですよ。

「料理には手間はつきものですし、それで廃棄していたお肉が食べられるのなら、その手間も惜しくないかと」

食べられるものを捨てたらもったいないじゃない。美味しいのならなおさらよ。

「サラナ、俺、食べてみたい！」

「俺も！」

ヒューお兄様とマーズお兄様が、子犬のようにおねだりする。うっ、ブンブンと勢い良く尻尾が振られている幻影が見えるわ。このおねだりに弱いのよ、私。

「メインのお肉をいただいた後ですけど、そんなに食べられますの？」

「余裕だよ、あと10枚はいける！」

「俺も、俺も！」

どういう食欲なのかしら。私は絶対無理。デザートまで美味しくいただく計画なら、ここは無理すべきではない。そっとお祖父様を窺うと、ニヤリと悪い顔で笑ってらっしゃる。

「ふむ。モーヤーンの肉はまだ残っているのか？」

「お祖父様からいただいたモーヤーンは大きいのが18頭、小さいのが9頭。全て処理しておりますわ。大部分は孤児院に渡しましたけど、お祖父様がお好きだと仰ったので、まだいくらか残っていたはずですわ」

さすがに領主館で全て消費するのは無理だったわ。使用人たちにも配って、孤児院にも渡したのよ。冷蔵保存しているとはいえ、そんなに長くは置けないものね。美味しく無くなっちゃうし。

料理長に確認したら、まだまだお肉は残っているとの事。お兄様たちがお帰りになったら、沢山食べたがるだろうから、その分を残しておいたんですって。さすが、お兄様たちの胃袋を良くご存知だわ。

こうして、私たち女性陣と普通の量しか召し上がれないお父様以外は全員、モーヤーンの試食をする事になった。若いって凄い。いや、お祖父様と伯父様はそんなに若くなかった。あんな量のお肉、どこに入るのかしら。


よく食べる男性陣に戦慄しております、サラナ・キンジェです。ごきげんよう。

コース料理を食べた後、さらにメインクラスのお肉を平らげるなんて、この方たち、どういうお腹をしているのでしょうか。肉体を酷使する騎士の食欲は、これぐらい普通ですか、そうですか。

「これがモーヤーンの肉……？　以前食べたものと、全くの別物だ」

王弟殿下は以前、討伐で野営をしたときに、モーヤーンを焼いて食べたそうですが、下処理と臭み消しの香辛料無しに、よく食べられたものです。私も下処理前のお肉を焼いて味見をしましたが、想像を絶する味でした。珍味って言われても、受け入れられないレベルで。臭さって、鼻に残るのよね。

「ほ、本当にモーヤーンの肉ですか？」

ペロリとステーキを平らげて、エルスト様が呆然としている。図鑑で見たモーヤーンと、同じものでしたから、モーヤーンだと思いますよ？

「美味い！　お代わりある？」

「俺も！　お代わり！」

我が家のお兄様たちのお腹はきっと、別次元に繋がっているのだわ。わんこ蕎麦みたいに、お肉を食べないでくださいな。

「素晴らしい。ドヤール家の料理人は腕が良いのだな」

料理を供し控えていた料理長が、王弟殿下のお言葉に目を白黒させている。

「と、とんでもない。私はただ、サラナお嬢様に言われるがまま、料理をしただけです。他にもお嬢様考案のレシピは沢山ございますが、皆様にお褒めの言葉をいただいています！」

「何？」

驚いた王弟殿下に凝視されましたが、そんなに見られても、これ以上は何も出ませんよ。

「サラナ嬢は料理に詳しいのか？」

「ええ、まぁ。本を読むのが好きなので、そこから色々知識を得ていますね。大した事ではありませんよ」

私は言葉を濁し、曖昧に笑う。

「そんな、ご謙遜を！　サラナ様から教えていただいたレシピは、どれも見た事がないものばかりで、全て素晴らしい味なのです！　肉料理、魚料理、野菜にデザートまで、大変幅広い知識をお持ちで！」

「りょ、料理長！　あ、ほら、お兄様たちがお代わりのお肉が欲しいって言ってるので、お願いしてもよろしいかしら？」

ヒィ、やめて。王弟殿下の前で私の事を褒めたら、また私を売り込んでいるなんて誤解をされて、ご不興を買っちゃうでしょ。私は空気、空気なのよ。

かなり言い足りなさそうな料理長を厨房に返し、晩餐に元の澄ました顔で戻る。うん、私、もう食べ終わったから、退出したいわー。無作法だからダメか。お兄様たちが食事を終わるまでは。

「そういえば、サラナ。モーヤーンの毛を刈り取って、保管していたでしょう？　何かに使うの？」

伯母様からの突然の質問に、私はグヌッと息を呑《の》んだ。な、なんでそれを、今聞くのかな？　視線を向けると、伯母様はニコリと悪い顔で笑っている。ヤダ、伯母様。何を企んでいらっしゃるの？

「モーヤーンの毛？　あのゴワゴワの毛か？」

そんなもの何するんだと、伯父様は純粋に不思議顔。

「もしかして、グェーの時みたいに布団にするのか？」

お祖父様も、興味深々。そして、お父様の鋭い視線が怖い。はい、すいません、理由があって、後からご報告する予定だったんですぅ。こっそり進めていたのに、伯母様、何故、ご存知なんでしょうか。

「あ、あれは……、布団には向きません。洗浄して紡ぎ、毛糸として編み物に使おうかと……」

「編み物？」

だって。モーヤーンの毛を鑑定したら、非常に上質な毛と出たんですもの。洗浄して紡いでもらったら、あれですよ。某ブランドのような、すごく手触りのいい毛糸だったんです。これはもう、編むしかないでしょ。編み棒を作り、すでに作品は出来上がっているんだけど……。

「ええっと、試作品は出来ておりますが、まだお披露目出来るものでは……」

「モーヤーンの毛に使い道があるのですか？　我が領では大量にモーヤーンが出るのだ！　ぜひ、教えていただけないか？」

エルスト様の勢いに、嫌ですーなんて言えるはずもなく……。

食事の後にお披露目する羽目になりました、トホホ。内緒にしてたのにぃ。


「こちらが、モーヤーンの毛を使用したマフラーです」

細めの毛糸を使用して編み上げたマフラー。毛糸でも上質だと思ったけど、編み上がった作品の手触りは柔らかくて少しもチクチクしなくて最高！　うむ、編み目も凝ったので、自信作ですよ。

「これがっ？」

エルスト様が驚いて手を伸ばしてくるのを、私は慌てて避《よ》ける。

「み、見せてもらえないか？」

避けられた事に驚いたようで、エルスト様は困惑した様子だ。お客様に対して、失礼だとは思うのですけどっ。こればかりは、譲れません。

「あ、あの。申し訳ありません。先に、父にっ……」

私がお父様の元に走り寄ると、お父様も困惑した顔をする。

「サラナ？　殿下とエルスト様に、先にお見せしなさい」

普通はそうなんですけど。これは、これはダメです。

「いいえ！　これは、だって、再来週の、お父様への、誕生日プレゼントなのです……」

忙しい合間を縫って、ようやく出来上がった作品なのです。孤児院の仕事とかニージュの仕事とかと並行してたから、死ぬかと思ったけど。もう1回編むとか、時間的に無理だし。お父様のために編んだのに、お父様に一番に見て欲しいじゃない。誕生日に驚かせたかったのに、チクショー。

「私の、誕生日プレゼント？　もしや、このマフラーは、サラナが作ってくれたのかい？」

お父様が驚き、目を見開く。そうなのです、手編みですよ。お父様の穏やかな雰囲気に合う、上品で素敵な仕上がりだと、自画自賛しております。

お父様が目線で王弟殿下に許しを乞うと、殿下は頷く。エルスト様も手を引っ込めて、コクコクと頷いている。

「これは、凄く手触りが良いね。柔らかく、暖かい。あぁ、編み目も美しく、この模様がとても美しい」

お父様が目を細めて喜んでくださった。おおぉ、そんなに喜んでいただけると、嬉しいわぁ。

「サラナ、ありがとう。何より嬉しいプレゼントだ！」

お父様に抱き締められ、私は幸せな気持ちになる。うふふ。厳しいところもあるけど、やっぱり、

お父様、大好き。

お祖父様と伯父様が、羨ましそうに見ている。ご心配なく。もちろん皆の分のマフラーも、取り掛かっておりますわ。

「これは……！　本当に、モーヤーンの毛なのか？　あのモジャモジャがこんなに素晴らしい手触りになるなんて！」

一緒に持ってきた毛糸と、編みかけのマフラーを撫でながら、エルスト様が大騒ぎしている。王弟殿下も、毛糸を食い入るように見詰めていた。

「サラナ。これも事業化するのかい？」

お父様に聞かれ、私は首を傾げる。

「うぅーん。モーヤーンはドヤールではほとんど取れませんから、難しいですね」

どうやらモーヤーンは暖かな地方に出る魔物らしいし。ドヤールでは珍しいと、お祖父様も仰っていましたからね。原材料がほとんど手に入らないのなら、事業化するには、他領からモーヤーンの毛を仕入れる必要がある。

「そうだね。モーヤーンの肉の処理方法とレシピ、毛の紡ぎ方と編み方は利益登録出来そうだけど」

「なるほど。出来れば、レシピは安価な使用料で設定したいですわ。モーヤーンの肉が食用になれば、貧しい者でも美味しいものが食べられるでしょう？　正しい処理方法と調味料を知らしめるためには、登録はした方が良いのでしょうけど……」

「ならばレシピの使用料は無料で設定したら良い」

「まぁ、そのような設定も出来ますのね。伯父様、よろしいかしら？」

領主たる伯父様の許可を求めると、伯父様は晴れ晴れした笑みを浮かべた。

「セルト殿が良いと言っているなら、問題ないっ！」

「ジーク様。領主としてのご判断をいただきたいのです」

お父様がちょっぴりため息をついて言えば、伯父様はピッと親指を立てた。

「良いよっ！」

軽い。絶対何も考えてないわ、全く。お父様もすでに、諦め顔だ。

「毛の紡ぎ方と編み方は、有料で利益登録しますわ」

「そうだね、こちらはそうした方が良いだろう。商人向けになりそうだし」

「モーヤーンの乱獲にならないと良いんですけど。魔物といえど、獲りすぎて絶滅しては、他にどのような影響があるか、分かりません」

「え？　魔物だから全て討伐した方が良いんじゃないのか？」

ヒューお兄様が不思議そうにしていらっしゃったので、私は首を振る。

「魔物といえど、安易に全て討伐するのは危険ですわ。例えば、モーヤーンを捕食している魔物がいたら、モーヤーンがいなくなれば他を襲うようになるかもしれません」

あんなデッカい魔物がさらに大きな魔物に捕食されるなんて、特撮の怪獣映画みたいだけどね。

「ああ、なるほど。やっぱりサラナは頭が良いなぁ」

お兄様に純粋に褒められると、照れるわー。

「ふぅむ。うちの領なら領主の名の下に、モーヤーンの討伐規制を掛けるかな？」

「そうですわね。同時に取り扱う商会も、登録制にして製品に数量制限を掛けますわ」

お父様と熱心に話し合っていると、その横でエルスト様が必死にメモを取っていた。あ、いかん。

王弟殿下御一行様の事、完全に忘れてたわ。ホホホ。

「あら、私とした事が。お客様の前で出しゃばってしまいました。お恥ずかしいですわ。そろそろ、退出いたしますね」

また何かアピールしてるとか思われたら、心外だもの！　退散、退散！

「ま、まってくれ、サラナ嬢！　もう少しモーヤーンの討伐規制の事で聞きたい事がっ！」

「申し訳ありません、エルスト様。サラナはまだ成人前の子どもです。子どもはもう寝る時間ですので。あとは私が対応いたします」

お父様が穏やかに、しかしキッパリとエルスト様に断りを入れる。

ええ、私。まだ13歳の子どもですので、睡眠時間は親の監視下ですわよ。ほほほ。

「では皆様、お休みなさいませ」

わーい、終わったー。お兄様たちから貰った新しい本。続きが気になっていたのよねー。

「サラナ。新しい本を隠れて読んではいけませんよ」

ぎくっ。お母様にチクリと言われて、心臓が跳ねた。

「も、もちろんですわ、お休みなさいませ、お母様」

隠れて読んで見つかった時の事が、怖いわぁ。仕方がないから、今日はサッサと寝ちゃおっと。くすん。


学生でもないのに、宿題に追われております、サラナ・キンジェです。ごきげんよう。

さて、本日は、朝から宿題に追われております。

ええ、家庭教師すらついていない私に、宿題はございません。現役学生のお兄様たちの宿題ですわ、もちろん。

お兄様たちが通う学園は、長期休暇中の宿題が多い。学生に休ませる気は無いでしょう、というぐらいの量が出る。成績優秀者なら、復習をベースにしたものなので苦になる量ではないらしいが、そこはお兄様たちだ。ほほほ、まるで苦行ですわね。

「サラナぁ。ハルント定理をこの問題に当てはめるとおかしな解が出るのだが」

「ヒューお兄様。そこは一度術式を区分してから当てはめるのです。そうすると、解が出ます」

「あ、そうだった！　そうか、リハルト術式の応用に似てるな」

「あの系統はたいていその手法を取っています。別手法の方が数は少ないので、逆にそちらを暗記なさった方が、効率が良いですわ」

「サラナぁ。ワミック戦時の各国の同盟と考えが、ややこしくて分からんのだ。どうしてこんな昔の戦について覚えなければいけないんだ？」

「マーズお兄様。私が課題としてお渡しした、リュント戦記をお読みになったでしょう？　あの戦はワミック戦に引き続いて起こっています。各国の戦略的な構図はほとんど変わっておりませんわ」

「英雄トライスのリュント戦記か！　もちろん読んだぞ！　めちゃくちゃ面白かった！　なるほど、あの時と同じならこの国の課題は……」

素直なお兄様たちが、デカい身体を縮こませるようにして、机に向かい、真剣に問題を解いている。うむ、デカいのに、可愛いわ。

夏の休暇でお兄様たちが帰省なさった時の事。鍛錬バカ、いえ、鍛錬に熱心なお兄様たちが、鍛錬場に現れなかったので、不思議に思ってお兄様たちのお部屋を訪ねると。ヒューお兄様の部屋で、頭を抱えているお兄様たちを発見。あまりにお2人がどんよりしているので、理由を聞いてみたら、全く宿題に手を付けていらっしゃらないとの事。その時、夏期休暇終了まであと7日という日でした。夏期休暇、1か月ありましたよね？　実技の課題は終わっている？　そうですか、でも紙の宿題は手付かず。ほほほ。夏休みの最終日まで、宿題を溜めこむ小学生か。全く。

お兄様たち、休暇前に幾つか追試と補講があって、休暇が短くなっていましたわよね？　伯父様からせめて次は追試を回避せよと、厳命を受けていませんでしたか？　何故宿題ぐらい、やらなかったのでしょう？　何が分からないのか分からない？　なるほど！

という訳で、そこから突貫で宿題祭りでした。分からないところが分からないお兄様たちが、どこでつまずいたのかを把握するのに半日、つまずいた学年の教科書の解説から、現在の学年の学力まで引き上げるのに1日、残りは宿題を解くのに5日半。地頭は悪くなかったことも幸いし、この無茶なスケジュールを、頑張りましたわ！　お兄様たち、やり遂げました！

　宿題の解答を確認し「全問正解です」と微笑んだら、屋敷中から歓声が上がりました。お兄様たちは号泣、伯父様たちも貰い泣き、使用人たちはお祝いの準備に走り、カオスでした。お祝いって、宿題が終わっただけですよ？

　そんな夏の反省を引き摺らぬように、お兄様たちは冬期休暇の初日から、宿題に励んでおります。監督は私。伯父様から家庭教師代をいただいております。やったね、アルバイト。と、喜んでいたのですが。

「サラナ嬢。マーダル王時代のヘインズ平原討伐について、分かりやすい書物はあるか？」

「それでしたらビッケ様の『彼方の英傑』がお勧めですわ。ヘインズ平原討伐の指揮官ブルク将軍の伝記ですが、時代背景や当時の各家の情勢、派閥が詳細に書かれていますわ」

「『彼方の英傑』か。読んでみよう」

　そして何故か、普通に王弟殿下に質問されています。アルバイト料はお兄様たちの分だけなのに、何故、王弟殿下御一行様の家庭教師までしなくちゃならんのか。割りに合わない。

　私とお兄様たちはいつものように、朝食後にヒューお兄様のお部屋でお勉強会を開催していただけなのに。エルスト様が昨日の話の続きをするために私を探しに来て、第1夫人を探しに王弟殿下とその他の側近さんたちがやってきて。そして何故か、当然のように、皆で一緒にお勉強会になったのだ。貴方たち、全員年上よね？　何故、私が教師役なのかね。

「あの、サラナ嬢。こちらの問題、解けますでしょうか？」

私に遠慮がちに聞いてきたのは、推定第2夫人のメッツ・ウィルネ様だ。ウィルネ伯爵家の次男で、優秀な魔術師でもある。垂れ目な童顔、可愛い系ですね。お兄様たちのゴリラっぷりからすると、可憐な乙女にすら見えます、男子なのに。

「あら、こちら先頃ダータン皇国で発表された、魔術式を使った応用問題ではございませんか？まぁ、学園では最新情報を常に取り入れていらっしゃるのですねぇ！　えぇ、先日、アルト商会の商会長からいただいた本を読みましたから、可能だと思いますわ。ここを平準化して……」

わー！　ユルク王国の学園って、魔術に関して、最先端の研究も取り入れてるのねー。さすがだわ！　勉強のしがいがあるわね。

「……正解ですね」

ウィルネ様が引き攣った顔をしている。あら、どうしたのかしら？　教本の解き方がまどろっこしかったので、本を読んで、私流の解き方で解いたのが、不味かったかしら？　でもこちらの方が解説よりも効率がいいし、分かりやすいと思うの。

「サラナ嬢！　ガヤル国で採用された、対魔物の陣形をどう思われるか？」

鼻息荒く聞いてきたのは、第3夫人候補のバル・ラズレー様だ。ラズレー伯爵家の次男で、父は騎士団長、兄は騎士団の副隊長を務めている騎士一家。うん、雰囲気はドヤール家と近そう。脳筋だな。令嬢相手に陣形を聞くなよ、モテないぞ。

「ガヤル国は山林が多く、少数の兵で動くあの陣形は有効かと思います。ユルク王国でも山地に出る魔物相手なら、有効でしょう。……ラズレー様、こちらの計算、間違えていますよ」

「むっ！　そ、そうだな……」

ラズレー様が慌てて、ノートの間違いを正す。うっかりミスが多い子だな、そういうのが積み重なると、大きな失点に繋がるんだぞー。ちゃんと確かめ算をしなさい。

なんやかんやでお勉強会は終了。そろそろ孤児院では、朝の授業が終わって、仕事の準備に取りかかっている頃かなー。この後、殿下たちは視察に行くんだよな。ルエンさんが、カチンコチンに緊張してたけど大丈夫かしら？　いきなり王族相手の案内を押し付けちゃって、申し訳ないわぁ。ごめんね。

「サラナ。今日の午後は、また孤児院か？　それともニージュの方か？」

ヒューお兄様の問いに、私は首を振る。私は、今日はお留守番ですよ。出しゃばると、叱責をいただきますからね。

「しばらくは家でおとなしく、お兄様たちのお土産の本でも読みますわ」

昨日はお母様に止められた読書を満喫しますよ。ウフフ。楽しみ。

ニコニコワクワクしていたら、王弟殿下に右手首を凄い勢いで摑まれた。痛いわ。地味に痛いわ。少しは加減しなさいな。

「サラナ嬢。視察に同行しないのか？」

王弟殿下の困惑した様子に、ツッコミたくなった。いや、なんで同行しないんだ、みたいな顔すんな。お前が来るなって言ったんだろうが。

「未婚の婚約者もいない令嬢が、同席する必要があるのかと仰せになったのは、王弟殿下でいらっしゃいますが……」

私の言葉に、王弟殿下が固まる。あぁ、忘れてたんですね。自分で来るなって言ったくせにー。側近たちもあっ！　て顔すんな。特にエルスト様。貴方、わざわざ釘を刺しにいらしていたわよね？

「……サラナ嬢。もしや、魔石装置や孤児院の事業やニージュの花の事業は、君のアイディアなのだろうか？」

「……元は私の考えですが、領主たる伯父様の許可をいただいております」

王弟殿下は目を泳がせる。ご自身の勘違いに気づいたようだ。うん、恥ずかしいよね。分かります。自意識過剰だったと、気づいちゃったものね？

王弟殿下が困惑している隙に、摑まれた手首をスルリと抜く。私の腕を容赦なく握りしめているのを見て、お兄様たちが剣呑な空気を出しているからね。お2人とも、心配性のシスコンだわー。相手は王族ですよ、殺気をしまってください。

「昨日の事は、その……」

「昨日の事でしたら、お気遣いなく。私が、浅慮だったのです」

謝罪の言葉が出る前に、私はニコリと微笑んで王弟殿下を制した。

「殿下の仰る通り、未婚の婚約者もいない令嬢が、王弟殿下の視察に同行などしたら、双方に全く、そのような気持ちがなくても、良からぬ噂が立ってしまう事もございますわ。事業を起こした責任者としての気持ちばかりが先走ってしまい、王弟殿下の叱責を受けても、仕方がありません。大変申し訳ありませんでした」

そう言って、私は丁寧に淑女の礼をとった。

はっと、息を呑むのは、誰の声だったか。

生国のマナーの先生から太鼓判を貰った、王子妃教育の賜物である淑女の礼は、私の武器の1つだ。頭の先から足の先まで、ブレもなく美しく魅せる。礼一つで目を奪えるように。そういった一つ一つの小さな積み重ねが、周囲の信頼と好意を勝ち取る糧になると、教えられたっけ。

失礼にならないところで体勢を戻し、外面だけの微笑みを浮かべてやった。

「王弟殿下の視察が、有意義なものになるよう、ドヤール家は精一杯、務めさせていただきますわ」

視察への同行を華麗に回避しました、サラナ・キンジェです。ごきげんよう。

王弟殿下御一行様を見送り、さて読書を楽しもうかと思っていた私でしたが、同じく暇を持て余したお祖父様に見つかりました。あっさり捕獲され、楽しいお茶会の始まりです。

「サラナや。最近は忙しくて、ワシと茶をする時間もないのか？　寂しいのぅ……」

シュンとするお祖父様に、垂れた耳と尻尾の幻影が見えた。なるほど、ゴリマッチョなのに子犬に見える現象は、遺伝らしい。

子犬のゴリマッチョに弱い私は、もちろん、お祖父様と楽しくお茶をご一緒する事になった。マナーも気にせず、隙あらば、私にお菓子を貢ごうとするお祖父様との攻防を楽しむだけのお茶会は、気楽だ。お祖父様が若い頃、国中を討伐で駆け回っていたお話は、凄ーく面白いしね！　特撮映画を見ているみたいだよ。

しかし、今日はお祖父様の様子が変だ。お茶を飲みながら、こちらをチラチラ見ては、モジモジしている。告白前の女の子みたい。ゴリマッチョ乙女。

やがて意を決したのか、お祖父様がティーカップを置いて、真っすぐに私を見た。レッツ、告白ターイム。きゃあ、ドキドキ。どんとこい。

「サラナ。お前、王弟殿下を好いておるのか？」

「いいえ？　全く」

あ、質問が意外すぎて、即答しちゃった。いかん、これは不敬だったわね。

「だが……。さっきまで、あんなに楽しそうに語っていたじゃないか」

「楽しそう……？　あの方たち、お兄様たちと私がお勉強をしているお部屋に、ズカズカ入ってきて、ジロジロこちらを見ていたと思ったら、断りもなくお勉強会に加わったのですけど」

お陰でお兄様たちだけでなく、あの方たちの面倒まで見る羽目になったたし。お兄様たちも、断りきれなくて困っていたわ。

「王弟殿下や側近の方々は、皆、見目麗しく優秀だろう？　心ときめかなかったのかね？」

「いいえ、全く」

今度は不敬も何も考えずに、すっぱり答えちゃった。だってねぇ。普通は、参加してもいいかと、断りぐらい入れるものなのよ。なのに勝手に使用人さんたちに命じて、席を用意させて、参加してきたのよ。自分たちが勉強会に加われば喜びこそすれ、迷惑がられているなんて、微塵も思っていなそうだったわ。そんな傲慢なガキの相手は、いくら顔が良くても、イヤだわー。

それに。

「お祖父様の方が素敵ですもの」

強く優しく頼もしく、挙句に可愛いってなんだ。ご褒美か。理想の塊か。

お祖父様だけじゃない。伯父様も、ちょっと大雑把だけど、頼もしい。お父様は優しく穏やかで、仕事に関しては鬼畜。でもフォローは完璧。お兄様たちも脳筋だけど優しくて、私を本当の妹のように大事にしてくださるし。何より、皆、女性の扱いを心得ている、心の底からのジェントルマンなのよ。

身内とはいえ、こんなに素敵な人たちに囲まれていると、見る目が肥えるわー。並の男じゃ、恋にすら落ちないいんじゃないかしら。

「な、なんだ。サラナはそっちの方面は、まだまだ幼いのう」

お祖父様が威厳を保とうと顰めっ面をしようとしては、ニヤけて失敗を繰り返している。うはは、お祖父様、面白い。ヤダ、もう好き。

「年頃のご令嬢は、皆、王弟殿下に夢中だと聞くからな。サラナもそうかと、心配したのだ」

「はぁ、まあ、お綺麗な方たちですが、身分が違いすぎて雲の上のお方というか……」

アカン。興味なさすぎて、フォローが出来ない。いい人ですけどピンと来なくてーとか言ったら、不敬だよね？　いい人ですら無さそうだけど。そんな歯切れの悪い私に、お祖父様は大笑いされた。

「良い、良い。ワシも、あやつらが気に入らん。なんだ、ワシの可愛いサラナを邪険にしおって。あのような奴らが、サラナを欲しいと言ってきても、ワシが断固、断ろう」

わーい。頼もしい！　王弟殿下御一行様が、私を嫁になんて、万が一にも思うはずもないけど、お祖父様がそう仰ってくださるなら、私も全力でお一人様街道を突っ走れるわぁ。今のところ、1人で生きていくのに、財産的には全く問題なし。百年ぐらいは遊んで暮らせそうな額が、貯まっているもんね。お祖父様の庇護の下、好きな事して生きていきたいわぁ。

「サラナはずっとお祖父様と一緒にいたいですわ。うんと長生きしてくださいませ」

「はっはっはっ！　ワシは二百まで生きるから心配いらんっ！」

うん、生きそう。お祖父様なら楽勝で。

きゃっきゃっ、うふふとお茶会を楽しむ私たちを、侍女さんと護衛さんたちが、生温かい目で見ていた。

「どれも、素晴らしい取り組みだったな、辺境伯」

「はぁ……」

　1週間の視察が終わり、伯父様とお父様に労いの言葉を掛ける、王弟殿下。伯父様とお父様は、心なしかグッタリしている。仕方ないわよ。なんせ、視察するのは魔石装置の工房と、ニージュの工房と、羽毛布団の工房。作業しているのは全て生粋の村民だ。腕は良くても、貴族に対応したことなんて、ないもの。いつもの仕事の様子を見せてくれたらいいと言われても、王族相手に粗相をしないか、不敬な言動を取らないかと、気が気じゃなかっただろう。ようやく最終日の晩餐を迎え、明日には皆様は王都に帰る予定だ。お疲れ様でした。

　王弟殿下御一行様は、視察が終わって帰ってきてからも、毎日、視察した工房について、活発に意見を交わしていた。チラチラこちらを見ながら討論していたけど、私は華麗にスルーして、伯母様やお母様と大人しくしていたわ。直接、私に質問されそうな時は、伯父様とお父様がブロックしてくださったし。

　それにしても、視察がそんなに楽しかったのかしら。魔石装置は分からないでもないけど、フローラルウォーターとか、羽毛布団とか、男子の気を惹くようなものではないと思うけど。

「結局、サラナ嬢は一度も視察に同行してくれなかったな……」

　王弟殿下に恨めしげに言われたが、私はニコリと微笑んで、その訴えを黙殺する。何度も家庭教師をやっただろうが。お陰で学園の宿題が全て終わったのだから、感謝して欲しいぐらいだ。

　伯父様からはこっそり追加のお小遣いをもらった。王弟殿下たちのお守りが増えたからといって、伯父様から家庭教師代を貰ういわれはないのだが、元はお兄様たちの家庭教師が発端だからと、押し切られた。

王弟殿下からは、何度も視察に同行して欲しいと、しつこく言われていた。やはり、事業の発案者である私に説明して欲しいとかなんとか言っていたが、私が完璧レクチャーを施した伯父様と、事業については私より完璧に把握しているお父様がいて、不足なはずがない。何度誘われても、未婚の婚約者もいない令嬢が～で逃げ切ってやった。元は王弟殿下の言葉だから、否定もしづらいだろう。フハハ。

明日からしばらく、通常営業だ。それぞれの事業は担当者たちからキッチリ報告書が上がってきていたが、やっぱり自分の目で直接見たいのだ。残りのモーヤーンの毛も加工したいし、染色もしたい。染色については、これから検証する予定だからね。

そういえばモーヤーンについては、引き続きエルスト領から仕入れる事が出来そうだ。モーヤーンの調理法と毛糸について、エルスト領から料理人や職人が派遣され、こちらで技法を習得する事になったらしい。モーヤーンの毛糸の染色は、ドヤール領の薬師たちの力を借り、染料の開発もしちゃったから、それも教えて欲しいんだって。エルスト領主様直々のお願いの手紙をいただいたと、お父様が驚いていた。相手は侯爵様だからね。

「サラナ嬢は、王都には興味はないか？」

「王都？」

王弟殿下に問われ、私ははて？　と首を傾げる。

「サラナ嬢は学園に通うまであと2年あるだろう？　それまで辺境伯領に留まるつもりだろうか？　王都に出て、事業の拡大など考えていないのか？　いや。仕事だけじゃない。王都には様々なものや珍しいものが集まり、とても華やかだ。心惹かれないかな？」

王都。王都ねぇ。一応、生国では王都暮らしで、第2王子の婚約者なんてやってたから、茶会だなんだと誘われて、そのためにドレスだ宝石だと物入りだったわねー。お父様もお母様も、夜会のたびに苦労なさってて。思い出すだけで疲れるわぁ。

チラリとお父様とお母様を盗み見ると、2人揃って平坦な顔。うん、思い出してゲンナリしてるわね。

「事業はまずドヤール領の足場を固めてからと考えておりますし、懇意にしている商会がこちらに支店を作ってくださったので、特に王都に行く必要はないと、考えております」

始まったばかりの事業だし、性急な展開は失敗の元よね。今はしっかりと、地盤を固める事が大事だと思うの。

「王都は大層華やかとお聞きしますので、憧れもございますが、ドヤール領は、都会にはない長閑さが魅力ですわ。私にはこちらの方が性に合っています」

社交はほとんどないしねっ！　あっても伯父様夫婦がこなしてくださいますからね！

「で、では！　そうだな、サラナ嬢の学力なら、15歳を待たずして学園に入学出来るのではないか？　早めに卒業出来れば、それだけ事業に専念出来るのではないか？」

王都にある学園には、貴族の子息子女が通う義務がある。入学年齢は15歳だが、優秀であればそれを待たずして入学出来るという。

「学園は、卒業試験に合格出来る実力があれば、通わずとも卒業資格をいただけると伺っていますわ。祖国ではそれなりの教育を受けておりましたので、そちらの試験に挑戦してみようと思っていますの」

一発卒業システムがあるなんて、節約にもなるし便利よねー。血反吐を吐いて耐えてきた妃教育が、ここで役に立つなんて、素晴らしいわ。

「そ、卒業試験にっ？　あぁ、確かに、サラナ嬢の実力なら確かに……」

何故か悲壮感を漂わせる王弟殿下。なんだろう？　私が王都に行かないと、何か問題があるのかしら？　お祖父様をそっと窺うと、ニンマリ人の悪い顔をしていた。いや、何？　アイコンタクトをされても分かりません、お祖父様ぁー。

「そんな。それでは全く接点が……、いや、何か他に方法が……」

王弟殿下がブツブツと何か言っている。側近さんたちがオロオロと王弟殿下と、私を見比べているが、私にどうしろと？

晩餐が終わり、サロンで寛いでいると、私の隣に座った王弟殿下から、事業の事についてまた聞きたい事があるかもしれないので、手紙を送ってもいいかと聞かれた。手紙……。まあ、質問があるなら、いいのではないかしら？　答えるのは、伯父様よね？

返事をしようと口を開くと、お父様に寝る時間だと告げられた。うん？　いつもより早くないですか？

私が素直に席を立つと、王弟殿下に右手を取られた。

だから、力いっぱい握ると痛いのよ。加減しろってば。

ひやりとした視線が、ドヤール陣から王弟殿下に注がれる。お、お祖父様、ダメです、恐ろしい殺気が、駄々洩れていますよ。抑えてくださいー。

「サラナ嬢、手紙を送っても、いいだろうか？」

鬼気迫る王弟殿下の必死な様子に、私は思わずコックリ頷いた。伯父様とお父様の身体が、一瞬強張ったが、すぐにゆったりとした振る舞いを取り戻す。

「殿下、それまででご勘弁ください。サラナ、部屋にお下がり」

「はい。皆様、お休みなさいませ」

お父様の有無を言わさぬ様子に、私は礼をとって退出する。未成年のサラナちゃんは、大人の時間からは退場だ。

その時の私は、お手紙の宛先は伯父様になるのだと、疑ってすらいなかった。

王弟と側近たち

「良かった……！　手紙のやり取りは許されたっ……」

ぐったりとトーリ殿下がソファに沈み込む。だらしない事だが、私も同じようにソファに沈み込んだ。こんなに情けない姿を宰相である父に見られたら、数時間は小言を喰らう羽目になるだろうが、姿勢を正す気力もなかった。

「サラナ嬢。朝の勉強会以外は、全く接触出来ませんでしたからね。ドヤール家の守りが堅すぎる！　あの前辺境伯の視線の恐ろしさといったら。生きた心地がしませんでした」

その勉強会ですら、ドヤール家の年子の兄弟が、目を光らせていた。あの兄弟からの重圧は、本当に恐ろしいものだった。お陰で、ひたすら課題をこなす事しか出来なかったのだが。それ以上に恐ろしかったのは、ドヤール家の前当主だ。

私がそう言うと、メッツとバルが、激しく同意した。

「怖かったよー！　ユルク王国の英雄っ！　あのお年で現役バリバリじゃないか！」

「全く隙がない。視線で魔物を射殺すという噂は、本当かもしれん……」

メッツは魔術師として、バルは騎士として、トーリ殿下の護衛も兼ねるほどの実力を持っているが、前辺境伯や現辺境伯は次元の違う強さだと、2人は口を揃えて言う。ドヤール家の年子の兄弟も、確かに学園で実技は負け知らずだ。絶えず他国や魔物の脅威に晒されている辺境では、領主自ら、この強さがなければ周りも付いてこないのかもしれない。

視察で出会った、ドヤール領の領民の事を思い出す。職人や子どもや女性まで、なんというか、逞しかった。王都の民と比べガサツで、優雅さには欠けるが、生きる力に満ち溢れ、大らかで非常に力強い。小山ほどの大きさの魔物の死骸に全く臆する事も無く、大人も子どもも男も女も関係なく、ナタや包丁を手にワラワラと羽や毛を毟り解体していく。その中には小さな小刀を持った3歳児もいて、巧みにグェーから羽を抜いていた。魔物も珍しいものではなく、日常的に目にしているからか、皆、扱いにも慣れていた。

「レック。エルスト領はモーヤーンの取引で、今後もドヤール領とやり取りがあるのだな？」

「はい。父から必ず事業への協力を取り付けろと、厳命を受けています」

我がエルスト領を襲うモーヤーンという魔物。肉も不味く、これといって使える素材はほとんど無く、しかも獰猛で、群れで行動する厄介な魔物だ。冒険者ギルドにも討伐依頼を常時出しているが、初級冒険者には強すぎ、中、上級冒険者にとっては危険度の割りに旨味が少ないモーヤーンは、敬遠されがちだ。モーヤーンの出現数が多い緊急時など、冒険者ギルドにも討伐義務を課しているが、冒険者からはハズレ依頼と揶揄され、くじ引きで受注者を決めているという。

そのため、エルスト領ではモーヤーンは領兵による討伐に頼っている状況だが、奴らが現れると討伐に人員を割かねばならぬし、かといって治安の維持は必要であるわけだから、奴らが多く出る年は、人手が足りないだけでなく、領の財政を圧迫する事も多々あった。

「モーヤーンの肉の調理法が見つかっただけでなく、毛の利用方法があると知って、父は狂喜乱舞してますよ。事業提携の話を詰めたいと、明後日にもエルスト領から駆けつけるでしょう」

「お前はここに残るんだよな……。羨ましい」

視察も全て終え、ドヤールに残る理由のないトーリ様と私以外の側近、侍従たちは、明日、王都に戻られる予定だ。私は事業提携の話し合いのため、残る事を許された。

「なんとか、王都に来てくれないだろうか」

ため息と共に漏れた切なげな声に、私たち側近はそっと視線を交わす。誰の事を言っているかなんて、聞くだけ野暮だ。軽く咳払い1つした後、私は意を決して、トーリ様に問い掛けた。

「トーリ様。サラナ嬢の事をどう思われますか?」

「どう、とは?」

ゆるりと顔を上げたトーリ様の銀の瞳には、いつもの冷静さはない。どこか熱に浮かされたように、ボンヤリとしている。

「ずいぶんとご興味を持たれているようですが」

なんとかサラナ嬢と交流を持ちたいトーリ様とは対照的に、サラナ嬢の表情や態度は、上手に取り繕っていたが、明らかに辺境伯や彼女の父親と同じだった。つまり、厄介な上司が視察に来たので、部下として対応しようといった、色も欲も絡まぬもの。何も隠していないから、好きなだけ見て穏便にお帰りくださいという、仕事の一環といった対応。

学園でトーリ様に群がるご令嬢たちや、ワザと気の無い態度で振り向かせようとするご令嬢たちとは明らかに熱が違う。13歳という年齢にしては、あまりにビジネスライクな態度に、どれほど我らが戸惑った事か。わざわざ初日にトーリ様が牽制し、私が釘を刺したのが、恥ずかしいぐらいだ。

「サラナ嬢は……、聡明な人だ。知恵者とは、あの人のような方を言うのだろう。あれほどの叡智を持ちながら、それなのに少しも驕る事もなく、惜しみなく周りにその恩恵を与える。あれほど民に慕われる令嬢も、珍しい」

確かにトーリ様の仰る通り、サラナ嬢の話題は、視察先のモリーグ村の中でも、尽きる事はなかった。領民たちに話題を振れば、彼らはこぞって笑顔でサラナ嬢の事を語り。特にルエンという王宮の元文官は、サラナ嬢への賛美を口にしたら、なかなか止まらなかったほどだ。彼はサラナ嬢を、慈悲深き女神の如く崇拝していた。

「もう少しサラナ嬢と話してみたい。これほど興味をそそる女性は、初めてだ。私は彼女を見極めたい。それに、彼女の発想は素晴らしい。なんらかの繋ぎをつけておけば、必ずや国のためになるだろう。あぁ、やはり私も滞在を延ばして……」

「ダメですよっ！　星降祭の儀までに帰れと、陛下から命じられたと仰っていたではありませんか。今から帰ってもギリギリだというのに！」

メッツに止められたトーリは、やはりと、ため息をつく。

「だが、このまま王都に戻れば、彼女との接点がなくなってしまう」

その悲痛な声には、サラナ嬢を見極めるという言葉以上の、明らかな熱が籠《こも》っている。ほんのり赤く色づく頬、愛しげに潤む瞳、幼馴染の我らが動揺するほどの色香。

トーリ様、その色気はサラナ嬢のいる時に発して欲しい。男しかいない場所で出されても、気持ち悪いだけだ。

「なんとか、手紙のやり取りだけでも続けて……。長期休暇の間は、辺境伯の元で武者修行をしたいと、兄に願ってみよう」

確かに、そうでもしないとあのサラナ嬢は、一生この辺境伯領から出ず、トーリ様との接点がないまま終わってしまいそうだ。貴族の子女の義務である学園でさえ、その優秀さで、通う事なく卒業試験を受けて終わりそうだ。本人やその両親も、王都に全く興味を持っていない様子だし。それにしても、ラカロ男爵夫妻はまだしも、サラナ嬢の若さで、あそこまで王都や社交界に興味がないのは、どういう事なのか。

しかし、サラナ嬢の優秀さなら、たとえ本人に興味がなくても、問題なく社交や貴族の生活をこなせるだろう。我らに対応した時の心遣いや態度、あしらい方は13歳の子どもとは思えぬほどだった。

特に、あの、淑女の礼。全身から漂う気品と美しさに、思わずため息が漏れた。隣国で王子妃教育を受けていたと聞いたが、あの年で、あれほどまでに完璧な所作を身につけているとは、思いもしなかった。

この1週間、トーリ殿下と我らはサラナ嬢に圧倒されっぱなしだった。勉強会の席で、メッツとバルがサラナ嬢を試すように投げ掛けた難しい質問にも、自分の意見を織り交ぜて回答する。様々な知識を、深く理解されている証拠だ。

トーリ様が、はっきりと明言はされていないが、サラナ嬢を妃候補にと考えているのは明らかだ。考えているというよりは、求めているといえるのか。サラナ嬢は聡明で性格的にも、トーリ様の理想とする女性像にピタリと当てはまっているのだ。それでいて、全くトーリ様に興味すら持っていない。そんなサラナ嬢に、トーリ様はますます、興味を惹かれ。接触しようとすればドヤール家の警戒を招き、彼女自身にはより一層、避けられる。不毛な追いかけっこだ。

トーリ様は追いかけられるより、追いかけるのを好むのだと、私は今回のサラナ嬢の件で改めて理解した。長い付き合いだが、初めて知った主人の性分に、これまで、トーリ様が女嫌いと噂されるほど、女性を避けていた理由が腑に落ちた。ギラギラした目の令嬢たちに、獲物として追いかけられるのに辟易していたのだろう。

「明日が最後……。明日は、会えるだろうか」

ポツリと呟くトーリ様。悩ましげな目で、ボンヤリとされている。

「お見送りには、いらっしゃるでしょう」

明日は、早めに朝食を取り、トーリ様たちはすぐに発つ事になっている。サラナ嬢が共に朝食を取る可能性は低い。さすがに、最後の見送りぐらいには顔を出してくれるだろうが、いずれにせよ、大した時間はないだろう。

「レック。滞在中のサラナ嬢の様子を知らせてくれるか？　俺も王都に戻ったら、すぐに彼女に手紙を書くが。あぁ、返事をくれるだろうか」

「殿下からの手紙に返事を書かぬはずがありませんよ」

殿下ほどの熱量を持って返事を書く事はないだろうとは思ったが、口に出すほど阿呆ではない。

「そうか！　そうだよなっ！」

途端にパァッと明るい顔になるトーリ様に、罪悪感に苛まれた。

毎日手紙を書くのはさすがに失礼か、いや、短い文書なら問題ないだろう、とかブツブツ呟くトーリ様をよそに、我ら側近はそっと視線を合わせる。

私は出来る限り、ドヤールとの関係を密にし、サラナ嬢との接点を作る。あのドヤール前辺境伯と、現辺境伯、そしてラカロ卿を攻略しない事には、サラナ嬢との交流は無理だ。

メッツはキンジェ家の出身である、ゴルダ王国の情報収集だ。メッツ家は代々、魔術師団長を務める家系だが、彼の叔父は外交を担う家に婿入りしている。その伝で、サラナ嬢の情報が得られるだろう。

バルは国内の情報収集と牽制。ドヤール領は最近目覚ましい活躍ぶりだ。その活躍が、サラナ嬢によるものだという事を知り、彼女を狙う輩も今後出てくるだろう。私がドヤール領を出るまでは、他家を抑えるよう、彼に頑張ってもらわなくては。

多分、本人はまだ、自覚していないのかもしれないが。

仕える主人の初めての恋なのだ。

側近たるもの、全力を尽くさねばならない。

ドヤール家の家令

私、ベイ・ジロンドがドヤール家に家令として仕えて、早25年となる。

月日が流れるのは早いもので、父の後を継ぎ、家令に取り立てられてからは、目まぐるしくも充実した日々だった。

私が仕えるドヤール辺境伯家は、魔物の巣窟と言われるドヤール領を治める、武闘派の貴族家だ。もちろん、辺境伯家に相応しい、気品と矜持を持ち合わせてはいるが、他の貴族家に比べれば、あまり型に囚われない、おおらかな気風と言えるだろう。魔物が出れば即決、即断が求められるため、仕える使用人たちも、爵位やコネよりは実力を重視される。身分や気位が高く使えない使用人よりは、気働きの利く平民の使用人の方が、長く仕えやすい家なのだ。

先代であるバッシュ様が嫡男であるジーク様に家督を譲った後も、その家風は変わる事はなかった。代々のご当主様方は、一騎当千の猛者であり、戦場では鬼神のような強さを誇る。だが、その反面、国に仕える貴族として必須である、領主としての仕事、主に書類仕事は、どの方も大変苦手だった。天は二物を与えずという事だろうが、バッシュ様もジーク様も、執務室でじっとしている事が苦手で、すぐに討伐に出掛けたがる。我が領の優秀な文官たちも頑張ってくれているが、何事も最終決定はもちろん、領主が行うべきである。目を通すべき書類の高さは、どんどん高くなっていくというのに、当主様は討伐に行く言い訳を考える事に忙しい。そんなものを考えている暇があったら、1枚でも多くの書類に目を通し、サインをして欲しいものだが、そんな我らの願いは、なかなか叶えられずにいた。

私の父もそうであったが、ドヤール家の家令の一番の仕事は、当主を執務室に閉じ込める事だった。どれほど見張っていても、当主様たちは、まるで煙のように執務室から消えてしまうのだから、なかなか骨の折れる仕事だったのだが。

それが、ある日から、一変することになった。

ドヤール家はこのところ、緊迫した雰囲気に包まれていた。

隣国ゴルダ王国に嫁いだ、ドヤール家の長女カーナ様の娘、サラナ様が、ゴルダ王国の第2王子に婚約を解消されたからだ。

カーナ様の手紙で、以前からサラナ様がゴルダ王国で軽んじられている事は、当主であるジーク様や先代のバッシュ様が幾度となくこぼしていらっしゃったので、存じてはいたが。それがとうとう婚約の解消などという事態になり、バッシュ様もジーク様も、隣国のあまりに勝手な決定に、怒り心頭だった。隣国の王子との婚約は、キンジェ家から願ったものではない。第2王子の適当な結婚相手が見つからなかった王家からの、ごり押しで決まったと聞いている。それなのに、突然の婚約の解消に加え、あたかもサラナ様に非があったような解消理由。カーナ様からの手紙でそれを知り、剣を握り締め殺気立つバッシュ様とジーク様は、本当に恐ろしかった。このままでは、お2人が、隣国に殴り込みに行きかねないと、ミシェル様と必死に宥めていたのだが。

その緊迫した状況も、カーナ様たちご一家がユルク王国へ移住するというご決断をされた事で、最悪の事態はなんとか免れることになった。バッシュ様とジーク様から漏れ出る殺気は相変わらずだったが、ほんの少しだけ、殺伐とした雰囲気は緩んだように思われた。ドヤール家の使用人たちも、久しぶりにほっと息を吐き、カーナ様ご一家をお迎えするために、忙しく準備をすることになった。

そうして迎えた、カーナ様たちのご帰還の日。

ドヤール家総出で、ご一家をお迎えしたのだが。

多分、お迎えした全員が、ずきゅんと胸を撃たれたと思う。

カーナ様の夫たるセルト様は、カーナ様がご結婚する時に、ドヤール家で、私も何度かお会いしていた。穏やかで理知的な方であったが、あの頃よりだいぶ憔悴したご様子で、このところの一連の出来事を考えれば、無理もない事だ。

カーナ様はしっとりとした控えめな印象はそのまま、成熟した大人の女性になっていらっしゃった。娘時代から知っていた身としては、なんとも感慨深いものだったが、セルト様同様、憔悴しきった様子と、少しお痩せになったようで、胸が痛くなった。

そして。セルト様に手を取られ、馬車から恐る恐る、顔を出したサラナ様は。

黒い髪が艶々と美しく、深い青の瞳は楽しそうに煌めき。優雅な歩みで、当主たるジーク様の前に立たれ。

「お初にお目にかかります」

淑女の礼をされたその姿は、神々しいばかりの美しさで。

「伯父様と、お呼びしてもよろしいでしょうか？」

恥ずかし気に頰を染め、幼子のように頼りなげに首を傾げるその姿は、なんとも大人びた所作からは考えられぬほど、可愛らしいもので。

現在、ドヤール家のお子は、マーズ様とヒュー様の男子2人のみ。もうすでに学園に通われる年で、可愛らしさとはかけ離れた、当主様似の、逞しさを見せておられる。その婚約者様方も、成人を迎えて以降は美しき淑女にご成長され、将来のドヤール家を担うに相応しい風格と、頼もしさが日々増しており。

つまり何が言いたいかというと、こんな風にまだ成人前の可愛らしいご令嬢は、ドヤール家の面々には久しぶりだったので。

全員の心に、『か、可愛い〜！』という、声なき叫びが、吹き荒れたのだった。

しかもサラナ様は、バッシュ様やジーク様の恐ろしい……、いや、いささか強面の風貌にも全く怯えを見せず、キラキラと嬉しそうな、親しみのこもった笑顔を向け、お祖父様、伯父様と懐くので、普段、子どもや女性や小動物に怯えられ、避けられるばかりのお2人の心を、ガシッと鷲摑みにしていた。あの熊のようなよく似た親子が、目尻を下げてサラナ様を可愛がる姿は、なかなか見ていて面白い。

サラナ様は、ドヤール家で、あっという間に皆に愛でられる存在となっていた。

さて。サラナ様がドヤール家の雰囲気を、明るく、軽やかなものに一変させてくれたのはもちろんだが、私にとっては、それ以上の救世主がセルト様だった。

セルト様といえば、ゴルダ王国では領主を務めていらっしゃった方だ。その優秀さは、ユルク王国に留学なさっていたほんの学生の頃から特出していた。その物静かで思慮深く、理知的なところにカーナ様が惚れ込み、留学中のセルト様に怒濤の如くアプローチをしていたのは、懐かしい思い出だ。あのように緩急つけた迫り方をされて、堕ちない男がいるだろうか。その当時はまだジーク様のご婚約者であったミシェル様と戦略を練り、確実にセルト様に迫るお姿は、大人しい性質と思っていたのだが、やはりカーナ様もドヤール家の血を引いているのだと納得した。

それはさておき。移住が決まった時は、そんな優秀なセルト様に、ドヤール家の内務の手助けをしていただけないかと、そうしたら滞りがちな執務が、少しは改善されるのではないかと、不躾《ぶしつけ》ながらもほんの少しだけ期待していたのだが。そんな淡い期待が吹っ飛ぶほど、セルト様は凄い方だった。

「セルト殿。ここが私の執務室だ！」

意気揚々と、ジーク様がご自分の執務室に、セルト様を案内したのだが。セルト様は執務室に堆《うずたか》く積まれた書類を見て、目を丸くしていた。

無理もない。ジーク様の机には書類の山が3つほど。机の上にすら積めなかった書類は、隣の予備の机に2つほど、積まれている。どれも急ぎの書類だが、片付く気配は一向にない。

「ちょっと書類が溜まってしまっているが、手伝ってもらえると、助かる！」

罪悪感のかけらもない表情のジーク様が、ニコニコと仰るのに、セルト様は笑顔で頷いた。

「及ばずながら、お手伝いいたしましょう」

セルト様に執務を手伝っていただく事を私が提案すると、ジーク様は大喜びで賛成してくれた。ジーク様の苦手な書類仕事が、少しでも減ってくれれば、ジーク様自身も助かるし、セルト様も何もせずにドヤールに滞在するのは気を遣われるだろう。移住が決まり、細々としたことを相談する手紙のやり取りのなかで、セルト様にも執務の手伝いについてはご快諾いただいていた。

ジーク様とセルト様が並んで書類に目を通し始めて数分で、ジーク様の集中力が切れた。「ちょっと見回りに行ってくる」と、止める間もなく窓から逃走され、私がまた逃げられたと、がっくりと肩を落としていると。

「ベイ。この中に私が目を通してはまずい書類はあるかな？」

セルト様に穏やかに聞かれ、私は気を取り直して、首を横に振る。

「いいえ。バッシュ様からもジーク様からも、セルト様には全て見せて構わないと」

そうお答えすると、セルト様はほんの少し驚いたように目を見開いて、そして微笑まれた。

「なるほど。義父上と義兄上には、なんとも信頼されたものだ。その期待に、少しでも応えなくてはね」

そう言ってセルト様はバッシュ様の本棚から、ユルク王国の法や税制度の書かれたものを、何冊か選ぶと、読み始められた。

いくらゴルダ王国で領主を務めた方でも、ユルク王国の法や税制度を理解するのは、時間が掛かるだろう。だが、内務を手伝うとなると、まずはそこから学ばなければならない。熱心に本を読まれているその姿に、セルト様もこちらでの生活を前向きに考えていらっしゃるのだと、私は安堵していた。優秀な方だとお聞きしていたので、ユルク王国で半年も暮らせば、ジーク様の補佐として素晴らしい働きをしてくださるだろうと、確信していたのだが。

私の期待はいい意味で裏切られた。

セルト様への飲み物の給仕を侍女に頼み、私は雑事を片付けていたのだが。

数時間後、セルト様からのお召しがあって、執務室に足を踏み入れると。

「ベイ。こちらの書類は出来上がったので王宮に提出して欲しい」

セルト様が書類から顔を上げずに指示したのは、5つあった内の3つの山だった。

慌てて書類を確かめてみると。美しい書跡で、完璧に仕上げられており、信じられずに、何度も見返してしまった。先ほどまで、確かに手つかずだった書類なのだ。

「それと、こちらの書式について、この様式に変更して差し支えないか、担当部署に確認を。法令を読む限りでは、様式に指定はないので問題ないと思うが、念のため。この報告についてはこれまで通りの様式と、新たな様式で作成してある。今後は新しい方で報告したいと説明しておいてくれ。新しい方が、理解しやすいはずだ」

物凄い速さで書類を読みながら、セルト様がひょいひょいと書類を手渡してくる。中を見ると、いつもの報告書が見やすい書式で整えられていた。確かに、こちらの方が手間が少なく、しかも、分かりやすい。

「それからこちらの報告だが。過去3年の報告と比べて数値がだいぶ違う。ここところの数値に間違いがないか、作成の担当者に再度確認を。間違いがなければ、過去3年の積算額との違いについて、理由書を添付させてくれ」

セルト様が示した箇所を慌てて確認する。確かに、過去3年の数値と大きく違っていた。何か計算が間違っていると考えられるが、長年このドヤール領政に携わる私ですら、指摘されて気づいた事に、どうしてセルト様は気づかれたのか。などと驚いている間にも、セルト様の指示は、次々と飛んでくる。

「……さて。あとは、ジーク様の裁可を仰がなくてはならないが」

書類をあっという間にさばいて、2つ残った山を見つめて、セルト様が呟いた。私は、その言葉に、再び驚いた。つまり、セルト様はここにある全ての書類に、目を通されたという事だろうか。

この短時間で？

私があまりのことに慄いていると、ノックの音が響いた。

「失礼します、お父様。何かお仕事で、お手伝い出来る事は、ありませんか？」

サラナ様が、執務室に入ってきて、そうおずおずと仰った。どうやら、やる事が無くて暇らしい。

以前、ヒュー様やマーズ様の家庭教師を務めた先生に、サラナ様の学力を確認していただいたのだが、サラナ様はすでに学園で学ぶレベルは終えていると太鼓判を押された。そのため、現在、サラナ様に家庭教師はついていないのだが。娯楽もない田舎のモリーグ村では、確かに暇を持て余すだろう。

「うーん。繁忙期でもないからねぇ。ここにある書類は、全部処理は終わったんだよ。後はジーク様に、ご確認いただくものだけだからなぁ」

「まぁ。あの量をもう終わらせてしまったのですか？　少しは残しておいてくださってもいいのに」

サラナ様はしょんぼりと俯いてしまう。セルト様は困ったように、サラナ様の頭を撫でた。

「君は今までが忙しすぎたんだ。仕事は大人に任せて、少しはのんびりしたらどうかな？　刺繍をしてもいいし、本を読んでもいい」

「この家にある本は、もう全部読んでしまいましたわ。刺繍も飽きました」

ぷうっと頬を膨らませるサラナ様に、セルト様は、声を上げて笑った。

「そうか。それじゃあ、ジーク様を捕まえてくれないかな？　君が誘えば、すぐに来てくれるだろう？」

「伯父様をですか？」

「ああ。さっさとこちらの書類に目を通してもらわなくてはいけないからね。期日をだいぶ過ぎていて、王宮からも何度も催促があったみたいなんだよ。捕まえたら、私に知らせておくれ」

「分かりました」

そうしてまんまとサラナ様のお茶のお誘いに乗ったジーク様が捕まったのは、それからすぐの事だった。いつもは私がお戻りになるよう懇願しても聞こえないふりをしているジーク様が、サラナ様に楽し気に手を取られ、頰を緩ませてあっさりと戻って来たのを見た時は、なんともいえない気持ちになった。あまりにあっけなく捕獲された主人を見て、いつもこうだったらどれだけ楽だろうと、ため息が止められなかった。

ジーク様は、綺麗に片付いた執務室を見て、目を丸くしていた。

「あれ？　ずいぶんスッキリしたな」

きょろきょろと物珍し気に自分の執務室を見回すジーク様に、するりと音もなく、セルト様が近寄られて。

「ジーク様」

にっこり。穏やかに微笑むセルト様の手が、ジーク様の肩に置かれた。

抗いがたい圧が、セルト様から漏れ出していて。あのジーク様が、そんなセルト様に、怯えた表情を浮かべた。

「セ、セルト殿？　どうしたのだ？」

「ジーク様。急いで目を通していただきたい書類が、いくつかあります。まずは、そちらにお座りください」

柔らかに、執務机に促され。怯えたまま、ジーク様はギクシャクと椅子に座った。

「まぁ。それじゃあ、伯父様が頑張れるように、私は美味しいお茶菓子でも作りますわね」

ふんわりとマイペースに笑ったサラナ様が、いい事を思いついたというようにポンと手を叩き、執務室を後にして。助けを求めるような、縋るような視線をサラナ様に向けていたジーク様の希望は、パタンと閉められたドアを前に、あっさりと潰《つい》えてしまった。

「ベイ。私が言う順に、ジーク様に書類を渡してもらえるかな？」

穏やかだが、従わざるをえない響きの、セルト様のお言葉に、私は反射的に書類を手に取る。

「はっ、はいっ！」

そこからは。書類を見もしていないのに、淀みなく内容を説明し、次々とジーク様に裁可を求めるセルト様の声は、夜遅くまで続き。

その日、ドヤール家当主の執務室から、未処理の書類は全て、姿を消したのだった。

これ以降、ドヤール家の執務が滞る事はなかった。締切を過ぎる事も、書類が溜まる事もなくなった。それればかりか、書類の書式が分かりやすく、作成しやすくなったと、文官たちの評判も上々で、彼らの仕事の効率も上がっていた。そんな書類を受け取った王宮でも、処理が速くなった、書類が分かりやすくなったと評判になり。今までは、書類の提出が遅いと評判だったドヤール家の汚名は、あっという間にそそがれることになった。

そんな素晴らしい働きをしているというのに、決して当主たるジーク様を軽んじる事なく、あくまでも優秀な補佐として立ち振る舞うセルト様は、あっという間にジーク様の、無くてはならない『懐刀』になり。

「お願いだよ、セルト殿。どうか男爵を継いで、王宮まで一緒に報告に行ってくれ。私だけでこんな大量の報告、覚えられるはずがないじゃないか」

「……はぁ」

「継いで損するものでは無いだろう？　それに、サラナの開発したものが、今後増える事を考えたら、絶対！　私1人でこなすなんて、無理だぁ！　もし一緒に来てくれないなら、私も金輪際、王宮になんて、行かないからな！」

「……はぁ」

王宮に立ち入るためには、平民のままでは障りがあるからと、全く乗り気でないセルト様をかき口説いて、駄々をこね続け、なんとかドヤール家が保有していたラカロ男爵位を継いでもらい。

こうして、セルト・キンジェ・ラカロ男爵が誕生することになったのだが。

後に。ユルク王国の大きな転換期となったこの時代で。

その立役者の1人として、ラカロ卿が、ドヤール領主と共に歴史に名を刻むことになるとは。

このとき、私をはじめとして、誰1人、想像していなかったのだ。

右腕ダッドと左腕ボリス

「今日も積もりそうだな」

　窓の外に降り注ぐ雪に、俺は首筋を掻きながらボヤいた。ほとんどこの屋敷から外に出る事はないのだが、窓の外がどんより曇っている光景ばかりだと、気も滅入ってくる。

「まぁ、大雪の予想の年だからな。仕方ねぇだろ、寒さが防げるだけマシだ」

　部屋の中で稼働する温風器を指して、ボリスが笑う。暖炉では薪が燃え、暖かな空気を生み出す温風機のお陰で、俺もボリスもシャツの腕を捲《まく》り上げるぐらい、部屋の中は快適だ。

「全く、去年の今頃に比べて、なんつう違いだ」

「まぁた、その話かよ、ダッド」

　からかい混じりにボリスに笑われるが、これが言わずにいられるかってんだ。

「お前だって、ボリス。去年の今頃の事、覚えてるだろ？　キツい鉱山での出稼ぎに行ってた事をよ」

「そりゃあお前、忘れるわけねぇだろ。この村の元気な男衆なら、皆、家族を残してあのクソ寒い鉱山に行ってたんだからよ」

　モリーグ村は農村だ。冬の農閑期、男衆は街や鉱山に出稼ぎへ、女衆は家を守りながら内職をする。どこの農村も同じようなものだが、俺たちのような学がない農民は、他所《よそ》で働くとなると、過酷な力仕事を選ばざるを得ず、報酬とて街の者に比べると、格別に安い。その上、足元を見られて書類作成料やら手続き料やらを差し引かれたり、時には、報酬自体を誤魔化されていても、気づかないのが常だった。慣れない仕事に怪我をする者も毎年出ていた。

女衆は村で繕い物や刺繍の内職を大量にこなしても、細々とした小金しか得られない。薪も高いので節約しながら燃やし、少なくなる食糧を切り詰め、1つの部屋に子どもたちと、縮こまるようにして、飢えや寒さや魔物の襲撃に怯えながら、夫の帰りを待っているものだった。これが貧乏な農村の、冬の普通の過ごし方だ。

それがどうだ。今年は、他所に出稼ぎに行く男衆は誰もいない。男衆は村での魔物の解体や魔道具作製の手伝いに駆り出され、女衆は村の集会所で、ニージュの花の加工に忙しい。その間、子どもたちは、午前中は孤児院で読み書きや計算を習い、午後は孤児院の手伝いや男衆、女衆の手伝いにやって来る。

家には充分な薪が蓄えられ、食糧もたっぷりとある。孤児院で作られた羽毛布団を、村では安く買えるため、いつもの冬より温かな寝床を楽しめる。今年は飢えとも寒さとも無縁だった。

出稼ぎで報酬を搾取される事も誤魔化される事もなく、いつもより実入りのいい冬の仕事のお陰で、子どもたちには新しい服を仕立ててやれた。子どもたちが孤児院で学んだ事を、夜は親たちが子どもたちから習い、少しずつ、読み書きと計算が出来る者が増えてきた。もし来年の冬、出稼ぎに行く事になっても、これならば騙される心配はないだろう。

何より、今年の冬は、家族が離れる事なく過ごす事が出来た。家を離れて女房、子どもたちを心配する事もなかったし、女房、子どもに不安な思いをさせずに済んだ。冬の間、男衆が出稼ぎに行かずに済むなんて、こんな事は、俺がこの村に産まれて、初めての事だった。

そんな奇跡のような生活をモリーグ村にもたらしたのは、1人の少女だった。まだ年若い、成人すらしていない、小さな少女だ。

今年の春、領主様の館に、長女であるカーナ様ご一家が、帰ってきた。

カーナ様は、隣国ゴルダ王国の、キンジェ伯爵に嫁いでいた。久しぶりにお見かけしたカーナ様は、しっとりと落ち着いた女性となっていた。その夫のセルト・キンジェ様。温和そうな、大人しげな風貌は、カーナお嬢様の優し気な雰囲気とピッタリ合っていて、お似合いの夫婦だ。

そして、お2人の一粒種。まだ13歳のサラナお嬢様。黒い髪と青い瞳の、可愛らしいお嬢さんで、派手ではないが上等なドレスをまとい、その立ち姿は凛として品がある。

初めてお姿をお見かけした時は、絵本の中に出てくるお姫様かと思った。それもそのはず、サラナお嬢様は、幼少の頃から隣国の王子妃となるべく、教育を受けていたと言うではないか。だが隣国の王子が、平民の聖女をお妃様に迎える事となり、サラナお嬢様は、不名誉な理由で王子から婚約解消されてしまったのだ。

その知らせを受けた先代様が怒り狂い、荒れに荒れたのは記憶に新しい。可愛い可愛い末娘の産んだ、可愛い可愛い孫娘だ。産まれた時に会ったきりだったが、カーナ様から送られてくる手紙と絵姿に、いつも頬を緩めていた。たった1人の孫娘。可愛さは尽きないだろう。

元々、伝説になるほどの強さを持つお方だが、隣国の仕打ちに行き場のない怒りを魔物討伐に向け、毎日返り血まみれになっていた時の恐ろしさと言ったらなかった。これを止める役割であるはずの当代様も怒り狂って、一緒に血塗れになっていたのだから、どうしようもない。あの頃の先代様は、触れれば斬ると言わんばかりの殺気に溢れ、声すら掛ける事が出来なかった。いつ先代様が隣国に殴り込みに行くかと、村中が緊張感に覆われていた。

だがそんな先代様の怒りは、可愛い孫娘と対面した途端、見事に、呆気なく、面白いぐらい霧散した。貴族の体面だとか、孫娘の名誉回復だとかよりも、可愛い孫娘にお祖父様、お祖父様と懐かれ、孫娘と過ごす事が何より大事になってしまったのだ。まるで、牙を抜かれた獣だ。ラカロの竜殺しの異名をとる先代様が、デレデレと目尻を下げる好々爺になってしまった。これには村人たちは驚き、そしてサラナお嬢様に感謝した。隣国と血で血を洗うような戦にならなくて良かった。本当に。

さてそんなサラナお嬢様だが、村に来たばかりの頃は、周囲から明らかに浮いていた。毎日のように侍女と護衛を連れて、自由に村を散策なさっていたが、やはり、佇まいからしてどこか、村の子どもとは違う。華やかな街育ちのお嬢様だし、こんな何もない村の無学な俺たちが、おいそれと声を掛けるなんざ、出来るはずもなく。皆、遠巻きに見守っていた。

そんなお嬢様と村人たちの不思議な緊張感を破ったのは、村一番の粗忽者である、ジャックだった。もう40を超えた男なのだが、畑仕事に行くのに鍬を忘れたり、買い物に出て、買ったものを店に忘れたりと、何かとそそっかしく、カミさんにはいつもガミガミ怒鳴られている。そんなジャックが、何を思ったのか、村の子どもと間違えて、サラナお嬢様に声を掛けてしまったのだ。大した事ではなかったが「飼っている馬に子馬が産まれた、見に来るか？」と、敬語も礼儀もすっ飛ばして、村の子供に聞くように、うっかりとサラナお嬢様に、聞いてしまったらしい。

「まぁ！　子馬？　見せてくださるの？　嬉しいわ！」

護衛と侍女に睨みつけられ、ようやくジャックは、誰に声を掛けたか理解したらしいが、咎《とが》められると思いきや、サラナお嬢様にキャッキャッと喜ばれ、へどもどしながら馬小屋に案内したそうだ。お嬢様はしばらく子馬を眺めていたが、やがてジャックに退屈している、本が読みたいと愚痴ったそうだ。

「へぇ。オラは字は、読めねぇですが、前の村長のヤンマさんなら、読み書きができますよ」

そんな余計なジャックの一言で、お嬢様はヤンマさんの家に行く事になった。遠巻きに見ていた俺たちは、家のドアを開けたヤンマさんが、客がサラナお嬢様だと知った瞬間、「けぇっ？」と、奇妙な叫び声を上げて飛び退《すさ》るのを見届けて、そっと各々の仕事に戻った。気の毒だったな、あの時のヤンマさん。

サラナお嬢様はヤンマさんの家が気に入ったのか、その日から毎日通うようになった。その道すがら、気さくに俺らにも挨拶をしてくださるので、俺らも次第に慣れ、出会えば挨拶を交わし、世間話ぐらいは、するようになっていったのだが。

「王宮の文官様がヤンマさんの家に来てる？」

「何やらかしたんだ？　まさか小麦の量を誤魔化したのか？」

見慣れぬ小洒落た若者2人が、ある日、ヤンマさんの家を訪ねてきた。瞬く間にその素性が知れ渡り、俺たちは戦慄したのだ。王都からこんな、なんもねぇ村に役人が来るなんて、理由はそれぐらいしか思いつかねぇ。なんて事をしてくれたんだ！　村が潰されるかもしれんっ！

村の男衆が、慌ててヤンマさんの家に駆けつけてみれば、ヤンマさんと若者2人と、なぜかそこにサラナ様が加わり、和やかに談笑していた。

「まぁ。ヤンマさんが不正？　違うわよ、この方たちは、ヤンマさんの日誌を研究しにいらっしゃったのよ」

「日誌？」

カッカしている俺たちを、サラナ様は笑いながら窘めた。

「不正など、あるはずないじゃない。貴方たち、あのお祖父様と伯父様のお膝元で、悪事を働く勇気があるの？」

沸騰寸前だった俺たちの頭は、すぐに冷静になった。今は好々爺の先代様も、気さくな当代様も、曲がった事が大嫌いな性質だ。万が一にも村人が不正などしようものなら、あの恐ろしい剣で、真っ二つにされるだろう。

「すいません、確かに、言われてみればそうですね……」

「先代様や当代様の目を盗んで悪さなんて、死を選ぶようなものだ」

俺らがきまり悪く頭をかいていると、疑われて額に青筋を立てたヤンマさんが、ふんと鼻息荒く口を開いた。

「お前ら、そこは1人ぐらい、ワシの事を信じるヤツはおらんのか？」

「いや、ヤンマさん、悪人ヅラだから」

「絶対、なんかやらかしてると思った」

「貴様らぁっ！」

サラナお嬢様の説明によると、代々の村長が書き記してきた日誌が、小麦の生育や成長、天候の予想、また、大雪などの異常を知るための手がかりになるらしい。統計がどうだという説明は小難しくてサッパリだが、怪我をして以来、毎日家で鬱々としていたヤンマさんが、イキイキと仕事をしているのに驚いた。机の上に山ほどの本が積まれ、王都の文官たちと一緒になって、良く分からない事を、目を輝かせて話している。

「ワシの日誌が皆の役に立つなんてなぁ。嬉しいよ」

引退して以来、昔より一回り小さくなった気がするヤンマさんが、昔以上の活力を取り戻し、研究とやらに打ち込んでいた。まるで、一人前と認められたばかりの、血気盛んな若者みたいな熱量だ。

なんだか嬉しくて、その日はヤンマさんと文官さんたちを交え、村の男衆で盃を交わした。途中でサラナお嬢様を迎えに来た先代様には、「この酔っぱらいどもめ」と呆れられた。

先代様は、甘いジュースを飲みながらニコニコしていたサラナお嬢様を抱き上げて、颯爽と帰ってしまったが、後からワインの詰まった酒樽が届けられた。「飲みすぎるなよ」との忠告付きだったが、酔っ払いに理性があるはずもなく、夜通し飲み明かし、酒樽を空にしてしまい、全員がグデングデンになった。

次の日、二日酔いで役立たずになった俺たちが、女衆にしこたま怒られたのは、言うまでもない。

CHAPTER

第3章

社交と夜会にいそしみます、

サラナ・キンジェです。ごきげんよう。

Tensei shimashita, Sarana Kinje desu. Gokigenyou.

また新しいお客様を迎えております、サラナ・キンジェです。ごきげんよう。

本日のお客様は、エルスト様のお父様のエルスト侯爵様です。

どちらもエルスト様ですね、ややこしいわ。どうお呼びしたらよろしいのでしょうか。お呼びしなければいいわね、解決！

とはいかず、息子の方はレックと呼んでくれと直々に許されましたわ、嬉しくないー。侯爵様がお帰りになられたら、即、呼び名を戻しましょう、そうしましょう。

「これがエルスト領に出るモーヤーンです」

ドーンと荷車に積まれて運ばれてきたのは、20頭ばかりのモーヤーン。腐敗予防のため、ご丁寧に氷漬けになっているわね。

こんな獰猛な魔物を見ても、美味しそうとしか思わない私は、ずいぶんとこの世界に馴染んだものだわ。あらでも。前世でも、水族館でお魚の鑑賞をしていて、美味しそうとしか思えなかったわ。前世から引き続き、ただの食いしん坊なのかしら。

お祖父様や伯父様、お父様はモーヤーンを見て、頷き合っている。ドヤール領に出たモーヤーンと一緒でしたね。お祖父様が嬉しそうに頬を緩める。お気に入りですものね、モーヤーンのお肉。我が家の在庫が無くなって、ショボンとしてましたものね。

自称私の右腕と左腕のダッドさんとボリスさんは、モーヤーンを見て、ナタを手に舌なめずり。生来の厳つさも手伝って、山賊にしか見えないわ。解体助っ人として駆けつけた村の男衆も女衆も、それぞれの得物を片手に勇ましい。孤児院の子たちも、今日は羽毛布団作業をお休みして駆けつけ

てくれました。まぁ、全員、山賊の顔、もとい、職人の顔。

「解体第1班、配置につきました！」

「第2班も同じくっ！」

「洗浄班、いつでも行けます！」

キビキビと整列するモリーグ村民たち。まあ、いつの間にかどこぞの騎士団のような、機敏な動きになっているわ。ほんの少し前までは、長閑などこにでもある村だったのに、一体どうしてしまったのでしょう。

モーヤーンを運んできたエルスト領の皆様は、そんなモリーグ村民たちに、ドン引きしている。そうよねぇ。3歳の子が慣れた様子でピシッと敬礼していたら、怖いわよね。私も怖いわ。教育方針を間違えたかしら。

戦慄する私の元に、総司令官よろしく、ルエンさんがやってきて恭しく頭を下げる。この人もずいぶんと村に馴染んだわー。

「敬愛なるサラナ様。久々に現場に足をお運びいただき、村民一同、喜ばしい限りです」

「まぁ、ほんの数日、顔を出さなかっただけよ？　大袈裟だわ」

王弟殿下がいらっしゃる間だけ、足が遠のいただけじゃない。人聞きが悪いわぁ。

「皆もサラナ様のご尊顔が見られず、この日を、一日千秋の思いで待ちわびていました」

だから、ほんの数日じゃない。なんでそういう言い方するかなぁ。

村民の皆さんも、ルエンさんの悲壮な雰囲気に釣られて、涙ぐまないで欲しいわ。全く、ノリがいいんだから。

「さぁ！　皆待っています！　お言葉を掛けてやってください！」

皆の期待のこもった視線を、一身に集めている。嫌だわ、怪しい宗教の教祖にでもなった気分。

このままではいつまでも整列していそうなので、私は皆に向かって口を開いた。

「皆様、本日はお忙しい中、お集まりいただきありがとうございます」

ぐるりと村人を見回し、特に緊張もなく、私は続ける。異様にノリやすい村人たちだから、今は信徒みたいになっているけど、まぁ、作業をしていたら落ち着くでしょう。

「今日はエルスト領から、大量のモーヤーンが運ばれてきましたわ。解体と洗浄をよろしくお願いします。くれぐれもお怪我の無いよう、気をつけてくださいませ。また、本日はエルスト領のお客様たちも、毛の採取、洗浄、肉の下処理を手伝ってくださいます。なんと、モーヤーンのお肉と毛も、ご提供いただけるそうですわ。皆様、エルスト領の職人さんたちと仲良く、ご作業くださいね」

微笑んで挨拶すると、聴衆の皆様から温かい拍手が来ました。ありがとう、皆様。エルスト領の皆様も、なぜか拍手をなさっているわ。普通の事しか言ってませんよ、私。でも、ありがとう。

「サラナ様の期待に応えるよう、総員、全力を尽くせっ！　作業開始！」

ルエンさんの気迫の籠った号令に、皆が大声で応える。

頑張ってはもらいたいけど、全力は尽くさないで良いわ！　今日は本業じゃなくてボランティアよ。明日に余力を残してー。

なんて止められそうにないほど、皆様盛り上がってらっしゃる。はぁ、何故こうなった。

作業はモリーグ村の皆様とエルスト領の職人さんたちに任せて、貴族組は優雅にティータイム、兼お仕事の話。料理長渾身の茶菓子を食べながらお仕事の話なんて、邪道だと思うの。

「これは……、一体なんでしょう？　見た事もないものだが」

エルスト侯爵がお皿の上を凝視している。

「……？　パンケーキですわ」

この世界の定番オヤツのはずですけど。料理長には、いつもみたいにあまり奇抜なものは出さないようにお願いしているから、ポピュラーなもののはず……。

「パンケーキですか？　これはまた、ずいぶんと分厚い。そして柔らかいような。飾りの果物も美しい」

はっ！　いつもの癖で、フワフワパンケーキに果物をトッピングしたスペシャルフワフワパンケーキだわ！　大変、この世界のパンケーキはぺったんこなのに！

「ま、まぁ。うちの料理長は研究熱心でしてっ！　いつも、こうした目新しい料理を出してくれますのよっ」

誤魔化すにも、ちょっと苦しかったけど、幸い、エルスト侯爵は腕のいい料理人なんだと、信じてくださったようだ。

「そうですか！　ふむ、柔らかく口の中でフワフワと楽しい。これは大変美味しいものですなっ！」

エルスト侯爵はニコニコとパンケーキをあっという間に平らげてしまった。お代わりを勧めると、目を輝かせた。息子に似た優しげな顔のイケオジだが、甘いもの好きのギャップまで装備しているとは。侯爵様という事で身構えていたが、いい意味で肩の力が抜けたわ。

「しかし、息子から聞いていたが、サラナ嬢はずいぶんと、領の者に好かれているのだな」

「モリーグ村は小さな村ですから、皆、新参者の私が、珍しくて構ってくださいますのよ」

「いやいや。息子の話では、素晴らしい功績で領民を救い、まるで女神のように讃えられていると聞いていますよ？」

「まあ。伯父が聞いたら喜びますわ。最近のドヤール領は優秀な人材に恵まれていて、活性化していますもの。皆の頑張りが、ドヤールを支えてくださっているのですわ」

「ね？」と、伯父様に視線を向ければ。

辺境伯らしく、優雅な仕草でパンケーキをもぐもぐしていて……。この顔は、私たちの話を、全く聞いていませんでしたね？　なんていう事でしょう。可愛い姪っ子が、苦労して侯爵様の緩やかな追及をのらりくらりとかわしているというのに、ご当主たる伯父様が他人事とは。お父様が額を押さえながら、小さなため息をついている。

「だがドヤールの最近の事業は、全てサラナ嬢の発案だと」

「まぁ私なんて何も。最初はほんのお手伝いの真似事をさせていただきましたが、今では村民の皆様が、主体となっておりますのよ」

これは事実よね。何をしてても最後はアウェイですもの。寂しいわ。

「だが事業を生み出し、ここまで育てたのは……」

「伯父様の領地経営の努力が実って、本当に嬉しいですわ」

ホホホと笑う私に、エルスト侯爵様はとうとう諦め、苦笑を浮かべる。

「ふむ、息子の言う通り、なかなかに手強い」

レック様は一体、どんな風に私の事をお話しになったのかしら。エルスト侯爵様の口ぶりから、ろくな話では無かったようだわぁ。

「時にサラナ嬢、貴女にはまだ将来を約束した方がいらっしゃらないようだが……」

キラーンと音がしそうな目付きで、エルスト侯爵様が私を見つめる。その爛々と獲物を狙うような視線に、私は思わず仰《の》け反った。

「奇遇な事に、ウチのレックにもぶほっ！　お、おい、レック？」

エルスト侯爵様の言葉の途中で、レック様が突然、侯爵様の口を、両手で押さえた。

「なりませんっ、父上！　その先を言ってはなりませんっ！」

「何故だ、このような良縁、なかなか……。お前も、サラナ嬢を絶賛していたではないか」

「……トーリ様が、サラナ嬢に関心をお持ちなのです」

レック様は侯爵様を引き寄せ、その耳元に何事かを囁《ささや》いているようだった。こちらまでは聞こえなかったけど。侯爵様の目が、大きく見開かれる。

「なにっ？　本当か？　レック、それは、本当なのか？」

「はっ！　天地神明に誓って、偽りではございません！」

エルスト侯爵はしばらく呆然としていたが、レック様と私を交互に見比べると、上機嫌に笑み崩れた。

「そうかっ。そうかっ！　なんと、素晴らしいっ！　女性に対してあれほど辛辣だった方が、とうとうっ！　それは、さぞ陛下がお喜びになるだろうっ！」

ん？　陛下？　国王陛下の事よね？　何故ここで、陛下のお名前が出てくるのかしら？

「ずいぶんと気にされていたのだ。あのお歳で、あまりに潔癖すぎると。まぁ、陛下とてあの時分は、似たようなものだったが。それでも陛下には妃殿下がおられたから、その点は心配していなかったものだなぁ……。そうか、なるほど。お前が言う通りならば、今からでも相応しい教育を受けていただければ、充分に間に合うだろう」

ボソボソと呟くエルスト侯爵に、レック様がまたその耳元で囁く。

「サラナ嬢は、妃教育も終えていらっしゃいます」

「何っ？　そうなのか？　たしかにこのお年頃にしては、美しすぎる所作だと思ったが。それで、評判は？」

「隣国で探らせてみましたが、悪く言う者は誰もおりません。あ、い、あちらの次のお相手が酷すぎるというのもあったのでしょうが、ゴルダ王国でサラナ嬢は、幼いながらも『完璧令嬢』と呼ばれていたようです。こちらに滞在している間、サラナ嬢の博識と発想力に驚かされてばかりでした。能力的には充分すぎるほどかと」

「いつもご令嬢に辛口なお前が、そこまで褒めるとは……。なんと素晴らしいっ！」

エルスト侯爵とレック様のお話は小声のせいで、良く聞こえなかったけど……。何故かじいっと凝視されているので、とりあえず愛想笑いを浮かべておいた。困った時の曖昧な笑いは、日本人の性だわ。

「ドヤール伯！　サラナ嬢の居をすぐに王都へ移すべきだ！　そちらがここから動けぬというなら、私がサラナ嬢の後見に！」

「恐れながら」

興奮するエルスト侯爵の言葉を、お父様が静かに遮った。

「その先はどうか仰らないでください」

高位貴族の言葉を、男爵でしかないお父様が遮るなど大変失礼な事だが、お父様はじっと、エルスト侯爵を見据えている。

「サラナは。この子は……、幼い頃から全ての時間を王子妃教育に費やし、娘らしい楽しみを何も知らずに育ちました。その挙句、お相手の心変わりで、あっさりと婚約を解消され、打ち捨てられたのです」

お父様が、膝の上の拳を、ギリリと握りしめる。

「私は、今後一切、娘の意に沿わぬ縁談を受けるつもりはありません。親バカと、貴族失格と誇られようと、娘を不幸にする縁を結ばせるぐらいなら、せっかくいただいた貴族籍ですが、返上させていただきます」

静かだけど、有無を言わさぬ強い言葉に、私は胸が締め付けられた。

婚約を解消された時、私は清々したし、前世もお一人様だったから特になんとも思わなかったけど、お父様とお母様は、涙を流していた。私のこれまでの努力をないがしろにされ、貴族令嬢にとって、一生を左右するような、結婚という重大な未来が閉ざされた事に、悔しさと怒りと悲しみで、私を抱きしめてボロボロと涙をこぼしていた。でも一切私を責めることなく、「サラナは何も悪くない、お前は最高の娘だ」と何度も何度も、私に言い聞かせくれた。

私は、途方もない幸運に恵まれているのだと思う。

第2王子との婚約解消で、私の貴族令嬢としての価値は、ほぼゼロになってしまった。王家や高位貴族との縁を望む貴族にとって、娘は家族である前に、政治の駒だ。家を富ませるために、良い家に嫁がせることが、何よりも大事だ。王子との婚約が解消され、別の家に嫁ぐという選択肢も閉ざされた私は、普通の感覚から言えば、無価値なのだ。大金をかけ、教育と教養を身につけさせたのに、第2王子の心を掴めず、むざむざと捨てられて、無価値になり下がってしまったのは、私の落ち度だ。それなのに、お父様とお母様は、王家との縁が無くなり、貴族令嬢としての価値がなくなった事をなじる事もなく、それどころか私のために、国や身分まで捨ててくださった。私を駒ではなく娘として扱い、私の心に寄り添ってくださった。それがどれほど得難い幸運か、貴族の世界で育った私は、充分すぎるほど理解していた。

だから、お父様が私を全力で守ってくださろうとする心が、ただただ嬉しかった。私を守るために、全てを捨てても構わないなんて。あああー。お父様、格好良すぎます。好きです。

「良く言った！」

お祖父様が、バシンとお父様の肩を叩き、笑う。

「心配するな。ワシの目の黒い内は、ドヤール家の宝玉を、誰であろうと、そう簡単に渡さんわ。少なくとも、ワシを倒せる男でなければ許さんっ！」

私、今世でもお一人様確定ですわね。三つ首竜を倒すお祖父様を倒せる人間なんて、この世にいるのかしら？

「まぁ、親父は無理でも、最低限、私に勝ってもらわないと」

伯父様が凄味のある笑いを浮かべる。伯父様だって無理ですよ。領民に「血塗れ領主様」って物騒なあだ名で呼ばれているの、知ってます？

「なっ……、ドヤール伯？　何を言ってるんだ！」

怒りで青筋を立てるエルスト侯爵に、私はニッコリ微笑んだ。

エルスト侯爵は、どなたかと私の縁談を進めようとなさっているのかしら？　ご本人は親切のつもりかもしれないけど、私にとっては、余計なお世話だわ。

「エルスト侯爵様。私、残念ながら嫁ぐには障りがございますのよ？　お疑いでしたら、どうぞ、ゴルダ王国の公式記録をご確認ください。第２王子との婚約解消理由が、しっかり記されておりますわ」

ほほほ。貴族令嬢としては致命的な理由が、バッチリしっかり載ってますわよ。

「大変有り難いお申し出でございますけど、折角、事業提携という素晴らしいご縁がございますのに、私ごときの縁談で、お手を煩わせるなど心苦しいですわ」

意訳。いらん縁談を勧めたら、事業提携は無しね。

誰と縁付かせるつもりなのか知りませんが、余計な事は考えずに事業だけに専念しなさい。協力するのやめちゃうぞー。

ニッコニコで思惑を込めてそう言ったら、エルスト侯爵は何か言いたげにしていたが、結局押し黙った。モーヤーンの事業提携、ここでやめるの、困るもんねぇ。うん、勝った。

引き続き、エルスト侯爵様を接待しております、サラナ・キンジェです。ごきげんよう。

「素晴らしい、これはなんとも、素晴らしい」

侯爵様、涙目で先ほどからずっとそう繰り返していらっしゃいますわ、壊れたのかしら。

モーヤーンの解体が終わり、その大きな身体は、それぞれの素材ごとに仕分けされた。爪や牙、雄のツノなどのいつもの素材とともに、山盛りのお肉の臭み抜き処理、モーヤーンの毛の加工は初めてご覧になったのだけど。

「あのモーヤーンの毛が、こんなに真っ白、かつフワフワにっ！　まるで極上の絹のようではないかっ！」

「ここから染色に入りますわ。今回は村に伝わる伝統的な染めですけど、エルスト領のメンフェイ染とも相性が良さそうです。一度メンフェイの職人と相談なさってはいかがかしら？」

「我が領のメンフェイ染めをご存知で？」

「ええ。モリーグ村の染めとはまた味わいの違う、素敵な色合いですわね。定着にも特徴がありますし」

今回、王弟殿下をお招きするにあたって、いらっしゃる皆様をおもてなしするため、お料理の好みだとか一通りのことは調べていたけど、その中にはもちろん、それぞれの領の特産なども調べていた。

エルスト領のメンフェイ地方の染め物は、モノは良いのになかなか表に出ないというか……。ぶっちゃけると、パッとしない特産品なのよね。アルト会長に頼んで現物を取り寄せてみたけど、若い女性の好みそうな淡い色合いで、なかなか良い物なんだけどなー。

「モーヤーンの毛は、防寒具に適していますから、冬の真っただ中の今から作製に取り掛かっては、量産体制を取るのは、間に合わないかと存じますので。今冬は数を制限して、高貴な方を対象に、販売なさってはいかがでしょう。高貴な方々の間で流行れば、広がるのも速いですが、制限販売で特別感を出す事で、より顧客の購買意欲を高めて……」

「サラナ、サラナや。少し落ち着きなさい」

はっ。

お父様にやんわりと止められ、私はハッと我に返った。いかん、つい前世を思い出し、顧客相手の気持ちになってたー。私はまだ子ども、未成年っと。

「続けてくれ、サラナ嬢！」

レック様が必死にメモを取っている。この方、真面目な方なのよね。最近、お話しするたびにペンと紙を持参してるもの。

「まぁ、ほほほ。はしたない真似をいたしましたわ。具体的な販売などは、こちらのアルト会長に一任しておりますのよ」

そっと側に控えていたアルト会長に目を向ければ。顔を俯かせ、肩を震わせて笑っていらっしゃる。事前の打ち合わせでは、販売についてはアルト会長が、その他の制度についてはルエンさんから説明する事になっていたんだわ。私はニコニコ笑って、聞き役に徹する予定だったのに。数刻前まで、ドヤ顔でそうアルト会長たちと示し合わせていたくせに。ついつい熱が入って、自分で説明し始めちゃって、アルト会長のお株を奪ってしまったわ。アルト会長も、気づいていたなら、笑っていないで、止めてくださいな。

咳払いをして笑いを引っ込めたアルト会長が、恭しくエルスト侯爵様にご挨拶をする。

「アルト商会のアルト・サースと申します。ドヤール領でのモーヤーン販売について、一任されております。こちらがご提示したい大まかな販売方針は、サラナ様のからご説明のあった通りです。ご希望でしたら、後ほど、細かくご説明をさせていただきます」

サラッと涼しい顔で、まるで初めから打ち合わせていたかのように、自然に流したわ。さすがね、アルト会長。でも、なんだか悔しいわ！

「そして、こちらが文官のルエンです。我が領でのモーヤーン取引における、取り扱い商会の登録制度、モーヤーンの数量規制の整備等を担当しておりますわ。我が領ではモーヤーンがほとんど獲れませんが、乱獲を防ぐための措置として法整備をいたしましたの」

ルエンさんが優雅に礼をとる。こちらも平民だとは思えないぐらい、洗練された振る舞いを見せる。

法整備なんて大袈裟と思われるかもしれないけど。どれぐらいモーヤーンの肉や織物が流行るか未知数だし、無闇な乱獲を防ぐためにも、これは必須制度なのよね。実は羽毛布団のグェーの時や、ニージュの花にもこの制度を採用している。環境破壊、ダメ、絶対。

「なるほど、素晴らしい。これならば確かに、乱獲を防ぐ事が可能だ。しかし、許可を得ずに違法に狩る輩は、どうするのかね？」

エルスト侯爵様はルエンさんのまとめた書類から目を上げると、意地の悪い笑みを浮かべる。それに対して、ニコリとルエンさんが微笑んだ。

「密猟や違法な取引により流通した場合には厳しい罰則を設けておりますが……。正規のルートで取引されたものに関しては、この印をつけております」

「印？」

エルスト侯爵様が不思議そうな顔をする。ルエンさんがドヤ顔を押し殺した胡散臭い笑顔で、それを取り出した。

「竜のツノに蔦。これは……、ドヤール家の家紋、かね？」

「だいぶ簡略化してアレンジしておりますが、さすがエルスト侯爵様。よくご存知で」

「うむ。少し違っていて戸惑ったが、やはりか。まぁ、これならドヤール家との関連性も一目瞭然だな」

竜のツノに蔦が絡みつく特徴的な家紋を簡略化したマークが、紙に記されている。竜のツノって、お祖父様が三つ首竜を倒したから、この家紋に変更したのかと思ったけど、ドヤール家の家紋は、昔からこの形なのだとか。代々の領主は、竜ぐらい簡単に狩るからなぁとお祖父様に言われ、伯父様に頷かれ、あろう事かお兄様方にまで「竜ぐらい、子どもの時に狩ったぞ？」と可愛く小首を傾げられた。私、カルチャーショックを受けました。

竜って、竜って、そんな簡単に狩れるもんじゃないわよね？　使用人さんたちや、お父様やお母様が、私に同意してくださったから、私は世間一般と同じ常識を保つ事に成功しました。危ないわぁ。騙されるところだった。やっぱり、お祖父様たちの強さが、異常なのよね。

「我が領では、取り扱いの許された商家には全て、この紋の使用許可を出しています。ドヤール家の特有魔力を付与させて」

「なにっ？」

ルエンさんがまたまた胡散臭い笑顔で、魔力スタンプを取り出した。ドヤール家のブランドマークが刻印されているそれに、ドヤール家特有の魔力を付与したインクを付けて押すと、あら、不思議。ドヤール家の、文字通りお墨付きのブランド品が出来上がりである。

この魔力スタンプ。皆様の家紋及び特有魔力でお作りする事も可能です。受注、販売は、アルト商会で承っております。ご興味のある方は、ぜひ、アルト商会へ。

「ドヤール家の特有魔力を付与したこのスタンプは、ドヤール家の血筋の者でしか、複製出来ません。このスタンプは正規に登録された商会にしか与えられず、このスタンプの無いものはすなわち、ドヤール家の意に反して販売された贋作という事になります」

ルエンさんの言葉に、エルスト侯爵は笑みを深めた。

「ドヤール家の意に反して販売されたか。ふむ、想像しただけで恐ろしいな」

武の象徴、辺境伯であるドヤール家の意に反するなんて、命がいくつあっても足りないわよねぇ。お祖父様や伯父様のメッ、は怖いわよー。

「しかしこのスタンプは面白い。商品に明確な印を付けて、他との差別化を図り、価値を高める事も出来る」

前世のブランド商品より、贋作を見抜くのは楽だと思うのよ。なんせ、特有魔力が無ければ全部、偽物だからね。前世のブランドバッグとかは、鑑定のプロが縫製の違いやブランドロゴマークの微かな違いなどで判断してたっけ。バッタモンも本物も、素人目には判別不可能だもんねぇ。

ブランドマークスタンプと魔力インクにまでご興味を持たれたエルスト侯爵様より、エルスト家の家紋を元にしたスタンプの御注文がありました。まぁ、アルト会長、契約書の準備が出来ているなんて。素晴らしいわ。

「それにしても、モーヤーンの肉の下処理の仕方や、調理法のレシピ使用料を無料にするなんて。サラナ嬢は欲がありませんなぁ」

エルスト侯爵様のもったいないと言わんばかりの様子に、私は苦笑した。

「モーヤーンは暖かい地方では良く狩れる魔物なのでしょう？　肉が少しでも安く食べられるよう

に、レシピについては使用料を取りたくありません」

「肉を食すのはこれからですが、味にうるさい我が息子が絶賛していたぐらいだ。使用料で、一財産稼げるやもしれんぞ？」

エルスト侯爵が冗談混じりに仰る。

それに、軽口で対応すれば、この場は盛り上がるのかも知れないけれど。

私はふと、昔の事を思い出した。

「……昔、こちらに参る前の、ゴルダ王国での事ですけど」

「うん？」

「お父様に連れられて、王都の、いわゆる、貧民街に参った事がございますわ」

「……貧民街に？」

エルスト侯爵が、意外な事を聞いたと、驚きの表情を浮かべる。確かに、貴族の令嬢が治安の悪い貧民街に行くなど、あまりない事だ。それも、わざわざ父親が、娘を連れて行ったのだ。

「そこで見た光景は、酷いものでした。酷く不衛生で、嫌な臭いが充満していて。道端で酒瓶を持って暴れる男や、どこか悪いのか、地面にうずくまって、動けない子どもだとか、初めて目の当たりにして……。私、たまりかねて、持っていた髪飾りを、その者たちに与えようとしたのです。そうしたら、人が次々に群がってきて、大変な騒ぎになりました」

屈強な護衛たちに阻まれ、怪我もする事もなく、無事だったけど、髪飾り1つに人々が群がる様は、それは恐ろしかった。

「その時お父様に、教えられた事が忘れられません。民の中には満足に食べられない者もいる。私たち貴族の目に映らない場所で、貧しさゆえに命を落とす者が大勢いる。貴族であるならば、今日のこの光景を忘れてはいけない。我ら貴族は、民が豊かで安全な暮らしを守る事が責務であると、常に考えなさいと」

飽食の日本という国で育った前世の私も、情報という形でしか貧困を知らなかった。それだけに、あの光景は衝撃的だった。小さな髪飾りに、血走った目で腕を伸ばしてくる人々。争い、それに怯える気力もなく、虚ろな目で佇む子ども。

目の前の人々を救うために施しを与える事は、小金を持っていれば出来るだろう。だが、私の目に映らないだけで、そんな人々は沢山いるのだ。

民の命を預かる。それがどういう事なのか、いずれは王子妃になる私に、父は叩き込んでくれたのだ。

「民を飢えさせぬのが、私の務めです。貧しい者たちを満たすためにも、モーヤーンの肉のレシピに関して、使用料は取りたくありません」

断言する私に、お父様が優しく微笑んでくださった。

美味しいお肉の話題が、なんだかしんみりしてしまいました。反省しています、サラナ・キンジェです。ごきげんよう。

私が話し終わった後、しばらくシーンとしていたのだけど、グスグスと鼻を啜る音が聞こえてきた。うん？

「サラナ様……。なんと素晴らしい。私は、私は、今後全ての力を、サラナ様にお尽くしすると誓いますっ！」

ルエンさんが平伏して泣いている。あら。いつもの光景だけど、今日は特に激しいわね。

「サラナ様。私も、貴女の素晴らしさを改めて認識しました。どうか私に、貴女のために働く栄誉を与えてください」

アルト会長が傍《かたわ》らに膝を突き、胸に手を当て、熱い視線を向けてくる。うん？　なんだか気恥ずかしいのだけど……。

「ま、まぁ、ルエンさん、アルト会長、どうなさったの急に？」

そんなに感動するほどの事かしら？　今のは、ほら。ちょっとした昔話と、よくある貴族の心得というか。そんなに特別な事を、言ったつもりはないのだけど。

涙目の2人に戸惑っていると、わしゃわしゃと頭を撫でられる。うん、これはお祖父様ですね。侍女さんたち渾身の、ゆるふわヘアセットが崩れるから、わしゃわしゃするのはやめてくださいと申し上げているのに。すぐ忘れちゃうんだから！

「サラナは素晴らしい子だと分かっていたが、ふむ。セルトの教育が良いのじゃな」

お祖父様が目を細める。褒めてくださるのは嬉しいですけど、わしゃわしゃはおやめください。

「貴族の責務か……。分かりきったつもりになっておりましたが、この歳になって、若者から教えられるとは……。お恥ずかしいですな」

エルスト侯爵様がシュンとしちゃった！　レック様まで、なんだか胸を押さえて、うなだれているし。わぁ、ごめんなさい。お客様を落ち込ませてしまうなんて！　やっぱり軽口で返せば良かった！

「エルスト侯爵様！　お金を持っている貴族相手でしたら、問題ありませんわ！　高級レストランでは、遠慮なくお代をいただきましょう！」

「サラナや、はしたないよ」

つい力をこめてそう言ったら、お父様に窘められた。すいません。

「ハハハハッ。サラナ嬢は本当に興味深い。ますます応援したくなりますなぁ！」

エルスト侯爵の目が、再び怪しい輝きを放つ。その場の空気が緊張したものになる。

「サラナには、我がドヤール家が付いておる。貴公のお手を煩わせる事はなかろう」

お祖父様が怖い顔でエルスト侯爵様に釘を刺していますが、エルスト侯爵は簡単には引き下がらない。

「そう言わないでくれ。私はユルク王国のためを思ってだなぁ」

「サラナはワシの元を離れるのが嫌なのだ。余計な手出しは無用だ」

私はクスクス笑って、お祖父様の言葉を肯定した。

「私はこのドヤール領で、及ばずながら、ユルク王国のために尽力いたしますわ！　エルスト侯爵様とも、良き関係を結びたいものですわね」

ドヤール領のために、ユルク王国のために、エルスト侯爵様からのご助力をいただけるなら、全力で乗っかりましょう、ええ。ぜひに。

私の言葉に、エルスト侯爵様が何故か引き攣った顔をなさっていた。解せないわ。


その後、モーヤーンのお肉の試食会になったのだけど。

獲れてからしばらくした後、エルスト領からドヤール領に運ばれてきたモーヤーンのお肉は、ほどよく熟成が進んでいて。徹底した臭み抜きと香辛料のおかげで、それこそ高級肉のような美味しさで。えぇ、冗談抜きで頬っぺたが落ちるかと思いました。美味っ！

エルスト侯爵様、そんなに号泣していたら、お肉の味が分からないのじゃないかしら。モーヤーン問題はエルスト領の代々の課題だとレック様が仰っていたけど、本当だったみたいね。ご苦労なさったのねぇ。

「み、みっともないところをお見せしました……。こやつの討伐には、本当に手を焼いていて。討伐後の後処理も、火魔法の使い手に手間賃を払って遺骸を焼くのみで、なんの旨味もなく。それが、我が領の長年のお荷物に、こんな価値があったのかと思うと、嬉しくて。美味しくてっ！」

そんな事を仰りながら、３枚目のステーキを平らげるエルスト侯爵。お祖父様と伯父様も、モグモグ3枚目、いえ、いつの間にかさらにお代わりしてますね。頂き物のお肉なのに、遠慮は全く見られない。

ちょっと、料理長。この人たち、何回目のお代わりかしら？　孤児院や村民たちにも分けてあげる約束なのに。3歳児の大好物なのよ、このお肉。もうないですーなんて言ったら、自分で狩りに行くって言いかねないわ。独立心旺盛なのよ、あの子。

パンケーキもお代わりしていたのに。お祖父様たちのお腹はきっと、異次元に繋がっているのではないのかしら。

まぁ。エルスト侯爵が、モーヤーンのお肉の美味しさを認めてくださったのは有り難いのだけど。

「少しでもお役に立てたなら、嬉しゅうございますわ」

「少しなどと。サラナ嬢は我がエルスト領の救世主です。もしもサラナ嬢に何かお困りの事があれば、このエルスト、必ずやお助けするとお約束しましょう」

あらま。なかなか、強力な権力者を味方にしちゃったわ。

武力では随一のドヤール家に、ユルク王国の知恵者《腹黒》のエルスト侯爵。この2家が手を結べば、ユルク王国内の勢力図が変わりかねないわ。王家とて、無視出来ない勢力になるけど……。

わぁ。ユルク王国での権力闘争なんて、全く望んでないわ。私、田舎でスローライフがしたいのよ。現状はスローとはかけ離れているけど。

「まぁ。お気持ちだけで充分ですわ。ただ、そうですわね。ドヤール領は絶えず、魔物の脅威や他国の侵略に晒される、国防の要。もちろん、ユルク王国の皆様はよくご存知でしょうけど、長く平和が続くと、我が家の国への献身が、見えづらくなる事もございます。どうかそのような事が無きよう、皆様にはご理解いただきたく存じますわ」

辺境伯家は爵位の上ではさほど高くないのよね。他国との関係がピリピリしていた頃は、他家の皆様も辺境伯家の有り難みを良く理解して、爵位は低くとも一目を置かれ、敬意を払ってくださるものだけど。

ユルク王国は、先王の時代から、安定した治世が続いている。国が安定しているという事は、国政も経済も豊かになるものだけど、その分、危機管理が緩むのよねぇ。争いや緊張を知らぬ世代は、今の安定が未来まで続くものと、なんの根拠もなく盲目的に信じてしまいがちだが、実は危うい均衡の上に成り立っている。

お祖父様の強さは、国内だけでなく、他国にも伝わっている。いわば生きた伝説だ。ドヤール領民も、普段から魔物の討伐に携わっているため、いざという時は、武人として戦える強さを持っている。我がドヤール家は、その武力で、他国を牽制出来る存在なのだ。

そんなドヤール家を、家格が低いというだけで侮る事の愚かさは明白なのだが、今時の戦知らず、苦労知らずの若者は、ねぇ。商売していると、高位貴族の坊ちゃんたちの傲慢さに、イライラさせられるのよねぇ。お客様とはいえ、腹が立つわぁ。

お兄様たちも、学園内で販促にご協力いただいているのだけど。高位貴族の先輩方のゴリ押しとか、我儘には困っているみたい。でもお兄様方はさすが、ドヤール家の男子。「無茶振りされた時は、目の前で、片手でりんごを握り潰すと、黙ってくれるから、大丈夫」と大変イイ笑顔で仰っていましたわ。逞しいわ。りんごはちゃんと、美味しくいただいたそうです。そこは心配しておりませんわ。

だから。もしエルスト卿に何かご協力いただけるのだとしたら。

ドヤール家に何かしようとするボンボンの皆様をお見かけしたら、「お前、正気？　あれ、辺境伯家だよ？　権力で潰そうなんて馬鹿な事考えたら、武力でプチッとされちゃうよ？」と忠告してくださると有り難いわ。

なんせ、私に火の粉が掛かろうものなら。

じじバカ、伯父バカ、親バカ、兄バカの家族を抑えるの、本当に大変なんだから。言っておきますが、我が家で怒らせたら一番恐ろしいのは、お祖父様ではありませんよ。女性陣ですからね。敵に回してはいけない相手というものに、私、今世で初めて遭遇しましたのよ。コワイノヨー。

エルスト侯爵は、私の言葉の意味を正確に読み取ってくださった。

「平和ボケが続いておりますからなぁ。辺境伯家の有り難みと恐ろしさを知らぬ、若い世代も増えてきているのも事実。ふぅむ、私も、気をつけておきましょう。何か面倒な事を言ってくる者がおる時は、ワシの名を出して構いませんよ」

「まぁ、心強いですわ」

私はにっこり微笑んだ。宰相閣下の名を出しても構わないだなんて。何かあった時の、強力な後ろ盾となるもの。

言質は取ったわ。もしもの時は、全力で頼らせていただきますわよ、宰相閣下。

王弟殿下から、お手紙をいただきました、サラナ・キンジェです。ごきげんよう。

本当に送ってきましたわ、お手紙。王都に向かって発たれたのは、つい数日前の事ではなかったのかしら。手紙は伯父様と、私宛ての2通。あら？　どうして私宛てがあるのかしら。

しかも内容は、ドヤール領からの帰路にあった出来事、王都へ戻ってからの日常、もうすぐ星降祭が行われる事、ドヤール領を離れて寂しい等々。最後のは意味が分からないわ。何故、視察先を離れて、寂しいのかしらね。

それにしても、王弟殿下は文章がお上手だわ。とても楽しく読ませていただきました。

のは、いいんですけど。

どうして私に、こんな、なんというか。やや、ポエミーなお手紙をくださったのかしら。

失礼だったけど、伯父様宛てのお手紙をチラリと見せていただいたら、型通りの礼状だったわよ。

それと、事業に関する質問事項がビッチリ。伯父様は泣きそうな顔をなさっていたわ。

もしかしたら、中身を入れ間違えたのかも！

でも宛先は親愛なるサラナ嬢へ、となっているわねぇ。宛名だけ間違えたのかしら？

伯父様にそれとなく聞いてみたけれど、間違いではないと断言されたわ。伯父様宛ての手紙に、あんなポエミーな事を書かれても困ると。そうねぇ。内容は、どちらかというと女性向けかしら？

男性がもらっても困惑するわよね。

あら。でも。

王弟殿下は、ほら。女性には興味がない方との噂もあるから……。やっぱりこれは伯父様宛てではないのかしら。伯父様は伯母様一筋だし、恋愛対象は女性だから望みは無いと思うけど、でも、恋は自由よね。お手紙ぐらいなら、出しても良いのではないのかしら。

もしや。

視察で訪れた先で出会った領主。周囲を取り囲む若い恋人とは違う、年上の大人の魅力に、ふと気づいてしまった恋心。

叶わぬ想いと分かっていても止められず、かと言って直接、伯父様宛てにするのは憚《はばか》られて。伯父様宛てのお手紙は、仕事の延長のような、無難なものをなんとか書き上げたけど。行き場のない思いを綴って、私宛てのお手紙にしてしまったのかしら？　なんて高等なテクニック。危うく、額面通りに受け取るところだったわ！　こんなにも伯父様を想っていらっしゃるなんて……。報われないと分かっているだけに、もの悲しいわぁ。

「サラナ。その妄想は不敬に当たるから控えなさい」

「まぁ、申し訳ございません、伯父様。そうですわよね、無粋ですわね」

こういうデリケートな事は、そっと温かな目で見守るのが良いと聞くわ。王弟殿下の想いがいつか良い思い出に変わるまで、気づかぬ振りをしなくては。

伯父様が何か言いたげな顔をしているが、私は分かっていると大きく頷く。さらに困惑した顔になったけど、何故かしら。

しかし、お手紙をいただいたら、返事を書かないなんて失礼に当たる。仮の宛先である私は、どんなお返事を返せば良いのかしら？

「サラナは、王弟殿下をどう思っているの？」

どうしたら良いか思いつかずにお母様に相談すると、お母様に真剣な顔で聞かれた。

「どう？　とは？　ええっと。そうですねぇ……」

王弟殿下をどう思っているか。ズバリ、面倒な客だった。以上。

「高貴なお方で、雲の上の存在ですわ」

淑女的表現に変換して答えると、お母様は柔らかに微笑んだ。

「それなら、難しく考えず、無難に返せばイイわ。ちょうど、エルスト侯爵様がいらっしゃったので、そのご報告を兼ねたものでよろしいのではないかしら？　また1つ、事業が出来たのですから」

「あぁ、なるほど。そうしますわ！」

王弟殿下のお手紙内容は想い人である伯父様に伝えてあるので、私は私で業務連絡をお返ししていればいいのね。叶わぬ恋の手紙へのお返しが業務連絡。高等テクニックだわ。さすがお母様。

「サラナからの恋の相談は……。まだ先のようねぇ。まあ、アレに焦がれるほど、趣味は悪くないはずだものねぇ」

王弟殿下へのお返事に没頭していた私に、お母様がため息をついて呟いた言葉は、聞こえなかった。


「おい、どうしたんだ、トーリ様は」

珍しくボンヤリと、心ここに在らずな主人の姿に、バルはメッツに訊ねた。ため息を吐いていたと思ったら、急にニヤけたり、窓の外を眺めて切なげな顔になったり。先ほどから全く執務が進んでいない。

「あぁ。サラナ嬢からの手紙のせいだ」

「昨日、届いたヤツか?」

主人の想い人からの手紙が届いたのは、昨日の朝の事だ。

若い女性の手紙らしい、可愛らしい便箋で、何故かほんのりと、あのニージュの花の香りがした。便箋に香りをつけるなど、なんとも優雅なものだと感心したのだが。

トーリは食い入るようにしてその手紙を読んでいた。そして読み終わると、ため息を吐いてソファに沈み込んだ。

「素晴らしい手紙だっ……」

絞り出したようなその声に、実感がこもりすぎていて、側近の2人は興味を惹かれた。サラナ嬢宛ての手紙は、彼らも内容の吟味から推敲を手伝わされたのだ。気にならないはずがない。

２人の視線に気づき、トーリは恥ずかし気に頬を染め、無言で手紙を差し出した。だから、その無駄に色気の溢れる顔は、男しかいない場所ではやめてほしいと、２人は内心、うんざりした。それにしても、私的な手紙なのに、側近である自分たちも読んでいいのだろうか。トーリが差し出すのだから、目を通しても問題はない内容なのだろうが。

恐る恐る、２人が手紙を読み進めると、まずはその字の美しさに感心した。優美で柔らかな、読みやすい字だ。あの勉強会でサラサラと走り書きされる文字も美しかったが、こうして手紙として見ると、まるで美しい芸術作品のようだ。

そして、その内容は。

トーリからの手紙に対するお礼から始まり、サラナらしい、媚びる事もなく、純粋に楽しく読んだという率直な感想。そして流れるように、エルスト領と連携して行われる事業の報告。それも単なる報告ではなく、分かりやすく、読み手を飽きさせない工夫が凝らされ、大変興味深く最後まで読めた。のだが。

「まったく、色気がない……」

ボソリと呟くバルの言葉に、メッツは慌てて彼の口を塞ぐ。

だがメッツが感じたのもバルと同じ事だった。トーリのあの溢れんばかりの好意が込められた手紙への返事が、見事な業務連絡。脈が無いにもほどがある。

だが彼らの主人は、そんな事は気にならないらしい。

何度も手紙を読み返し、美しい手跡だ、内容も素晴らしいと、感激に満ち溢れている。

「分かっている。この手紙に、私への好意がない事ぐらい」

胸に大事そうに手紙を抱え込み、ため息を吐くトーリは、引き攣った顔の側近たちに苦笑した。

「だが。返事すら貰えないと思っていたんだ。それが、サラナ嬢らしい、欲の無い手紙を送ってくれた。彼女が、私の名を綴ってくれた。それだけで、嬉しい。こんなにも嬉しい。そして、胸が苦しい……」

想いを向けた相手に、それが伝わらない事が、こんなにも苦しい事なのだと、トーリはこれまで知る事はなかった。

恋愛事など、己の身に必要ないものだと思っていた。周囲が恋や愛に騒ぐのを、くだらない事だと、切り捨ててきた。いずれは結婚もせねばならないとは分かっていたが、他の政務と同じようなものだと捉えていた。

王弟という身分であり、トーリ自身も見目が良く、女性から好意を寄せられた事も少なくない。貴族特有の思惑や、欲に駆られたものもあった。だが。

「これまで私に向けられた想いの中には、真摯なものも、あったのかもしれないな……」

そう思う事が出来るぐらい、サラナはトーリを変えてくれた。恋情などくだらないと切り捨てていた、ある意味子どものようなトーリを、成長させてくれたのだ。

側近であるバルやメッツも、反省していた。

彼らはこれまで、トーリの意向を尊重して、彼の周りから女性を排除していた。それぞれの親たちにはもっと広い視野を持て、主人の意向にただ、諾々と従うだけでは側近と言えないと、散々叱責されていたが、トーリの潔癖さを、盲目的に良しとしていた。

学園に通う令嬢たちは、皆、トーリの王弟たる身分や見目の良さにだけに色めき立ち、彼の崇高な理想などには理解を示さなかったのだから。

だがサラナに出会ってからは、バルとメッツは、親たちの言う通り、いかに己の視野が狭かったかを思い知らされた。学びに対して貪欲な彼女は、様々な分野に造詣が深い。しかも、それを驕る事もなく、さらに貪欲に知識を求める。そして、惜しみなく周囲に還元している。彼女によって生み出されたものや制度は全て画期的なものばかりだ。ドヤール領はいまや、ユルク王国中の貴族家や有力な商会などから、大きな注目を集めていた。

サラナがこのような功績を上げるようになったのは、ユルク王国へ来てからだった。調べてみたが、隣国ゴルダ王国では、第2王子の婚約者として「完璧な淑女」であるという評判はあれど、事業を行っている形跡など、全くなかった。

それが、ユルク王国に移住するなりの、この活躍。ゴルダ王国で屈辱に塗れたサラナが、再び社交界に返り咲くために、ドヤール家が功績を捏造したのではないかと思った事もあった。

だが、サラナが作り出した物は、本物だった。全てが斬新で画期的で、そればかりか様々な問題を解決した。大雪の予測、魔石の処理、孤児院の救済。そんな偉業を、彼女はなんの気負いもなく、サラリと自然にやってのけた。その功績を誇る事もなく、当たり前のように。トーリがサラナに惹かれるのも、無理はないと、今はバルもメッツも納得し、なんとかトーリの恋の手助けをと、奮闘している。

だがしかし。彼らは一抹の不安を拭いきれなかった。

トーリは、その潔癖さゆえに、女性とまともに付き合った事はない。思慮深く優秀な主人だが、恋愛は全くの初心者。サラナからの手紙に、自分の名前が綴られているだけで、胸が一杯になってしまうほどの初心さだ。それに加え、トーリは生まれながらの王族で、矜持も高い。自分から折れて、サラナに愛を乞うなど、絶対にするはずがない。

トーリはまだ学生の身だが、成人しているし、なんなら、身を固めていてもおかしくない年頃なのだ。それが、この純情さと不器用さで、あのやたらと守りの固い、ドヤールの至宝を、射止める事が出来るのだろうか。

そして、サラナの方も……。

トーリには言えなかったが、どうも、サラナは主人と側近たちの関係が、特別なものであると考えているようだ。

そうとはっきりは言わないが、言葉の端々や表情で、なんとなく、我が子を見守る母親のような、私は理解者ですよと言わんばかりの雰囲気があったのだ。これは、学園の一部の特殊な趣味のある女生徒から向けられる視線と、そっくりだった。

不器用な恋愛初心者と、サラナの勘違い。

ここからどうやって相思相愛の仲にまで持っていけるのか。

側近になってから最大の難問だと、２人は頭を抱えるのだった。

春が来て、１つ歳をとりました、サラナ・キンジェです。ごきげんよう。

春生まれの私は14歳になりました。おめでとう、私。前世を足したら何歳かしら、なんて考えてはいけないわね、オホホホ。

私の誕生日は、何故かドヤール家の一大イベントになっている。なんと、お客様をお迎えしての夜会形式だ。お祖父様やお父様の誕生日は、ちょっと豪華な夕食になるぐらいの、ささやかなものだったのに。私の誕生日は、屋敷中を花で飾り付け、いつもは使わない大広間にパーティー会場を作り、厨房はフル回転で料理を準備。それでは飽き足らず、パーティー会場に面した広いお庭は、幻想的にライトアップされ（アルト商会の新商品『魔法灯』好評発売中ですわ！）。そこにも沢山の花、料理、お酒エトセトラ。夜のガーデンパーティーも素敵ねぇ。間違いなく売れるわ、魔法灯。じゃなくて。

何故こんなに大掛かりなの？　と文句を言う間も無く、朝からお母様、伯母様、侍女さんたちに拉致された私は、入浴、マッサージ、髪と肌の手入れと、怒濤のスペシャルコース。もんで削られ色々とぐったり、うっとりした後に。コルセットで締め上げられ、豪華絢爛なドレスを着せられ、複雑な形に髪を結われ……。まぁ、どこのお姫様かってぐらい、飾り立てられましたよ。

「おぉ、サラナ！　ワシの贈ったドレスがよく似合うなぁ！」

ようやく解放されて、パーティー会場とやらに向かえば、ニッコニコのお祖父様が、上機嫌で出迎えてくれた。この絹やら宝石やらで彩られたドレスは、お祖父様が贈ってくれた物だ。質実剛健な家風に合わせ、派手ではない、上品な仕上がり。すごくお高いと思うの。さすがお祖父様です。私の趣味にもとても合います、けどね。

「お、お祖父様。当主である伯父様ではなく、私の誕生日なのに、何故、こんなに大掛かりなんですか？」

いくらじじバカのお祖父様でも、直系跡取りでもない孫娘の私に対して、お金をかけすぎだと思うの。このままではお客様に、お祖父様のじじバカっぷりが、バレてしまうのではないのかしら。伝説の騎士なのに、じじバカ。英雄のイメージダウンよっ！

「うん？　可愛い孫娘の誕生日だから、豪勢に祝うのではないか。30を超えたオッサンの誕生日など、食卓に赤ワイン1本追加すれば、それで良い」

豪快に笑うお祖父様に、当の伯父様は苦笑い。まぁ確かに、当主とはいえ、伯父様のお年で豪華な誕生生会は恥ずかしいかも。生国ではよく、なんとか侯爵の誕生会とかに誘われたけどね。前世の感覚からしたら、オッサンの誕生会って、ウェーイ系の社長とかぐらいしかやってなかったし。私も前世では友人と、美味しいものを食べに行くぐらいだったなぁ。年をとると、誕生日はお祝いというより、通過点になっていくのよね、もの悲しいわぁ。

「まぁ、お前は今年、デビュタントを控えているだろう？　その前祝いと言うヤツだ。デビュタントの時は、もっと凄いぞ。どこの娘よりも、豪華に仕立ててやるからな」

ニッコニコのお祖父様の爆弾発言。

デビュタントッ！　忘れてましたっ！　私、14歳ってことは、今年、社交デビューしなくてはいけないじゃないですかっ！

貴族は15歳で成人。その前の年に、社交デビューを迎えるのが常だ。お城で開催される、成人を祝う宴。そこに参加して、初めて貴族の一員と認められるのだけど。

どこの貴族家も、張り切って1年以上前からデビュタントを彩るための、準備を始める。娘が少しでも良縁を掴めるように、それはもう、本腰入れて準備するのだ。その縁繋ぎも兼ねて、デビュー前の数年間は、誕生日などの祝い事は大掛かりにやるのよねー。なるほど。

「お、お祖父様。私、お嫁には行きませんわ。だから、デビュタントは慎ましく、質素に……」

「何を言う！　可愛いサラナを飾り立てる絶好の機会ではないかっ！　豪勢に行くぞ、豪勢にっ！」

力を込めて断言するお祖父様に、ウンウンと力強く頷く伯父様。

「ウチは息子2人だし、ミシェルがすごく張り切っているからねぇ。そこに、もちろんカーナも加わるだろう？　豪勢なものになると思うよ？」

伯母様とお母様。あの2人を止められる人なんて、この世にはいないわ。大変。

「で、でもお祖父様。そんな事をしたら、万が一、お断り出来ないような縁談が来てしまったら……」

自惚《うぬぼ》れているわけではないですよ。ドヤール家は有力な辺境伯家。最近は領地経営にも力を入れて、色々注目を浴びちゃっているから、縁を結びたい貴族家は多いでしょう。その手段として、縁談は最も手っ取り早いのだ。デビュタントで私が目立ったせいで「息子がお嬢さんに一目惚れしてー。ぜひご縁を繋ぎたく」なんて口実に使われたら、断りにくいじゃない。

「はっ！　サラナに群がる害虫どもは、ワシが切り捨ててやるわ！」

やめてくださいっ！　なんですか、その、撒き餌をしておいて、寄ってきた魚を蹴散らすみたいなやり方。最初から地味に目立たなくしていればイイじゃない。

「ふふふ。サラナを奪おうなどと身のほど知らずが。その愚かさを、全身に刻んでやりましょう」

伯父様まで、魔王みたいなセリフ、吐かないでください。

「バッシュ様、ジーク様。サラナが怖がっていますよ」

見かねて割って入ったお父様の声に、私は咄嗟に表情を繕う。怯えたように見えるかしら。

「な、何っ？」

「サラナ？」

お祖父様と伯父様が、慌てて剣呑な笑いを引っ込め、私を恐る恐る覗き込む。

「お祖父様、伯父様。乱暴な事は、なさらないで……」

くすん、と泣き真似をすれば、お祖父様と伯父様が大慌てで、冗談だよと、言い訳をしています。

いえいえ、貴方たち、本気だったでしょ？

呆れたが、お祖父様と伯父様の必死な様子が面白くて、笑ってしまった。あからさまに、ホッとするお祖父様と伯父様。

お父様は私の泣き真似なんてお見通しなので涼しい顔をしている。お父様は、普段から私をお祖

父様と伯父様の抑止力として、上手に利用しているのだ。策士だからね。

「私は、デビュタントでお祖父様や伯父様やお父様と踊れたら、それで満足ですわ。どうか、目立つような事は、おやめくださいな」

私のドレスや宝石にお金を掛けるより、事業投資をしましょうよ、そうしましょう。

ニコニコとアレもやりたいなー、コレもやりたいなーと脳内でお金勘定をしていたら、お父様に苦笑された。

「いけないよ、サラナ。そのような、目先の事ばかりに囚われていては」

お父様の穏やかな声に、背筋が伸びる。このお声は、教育的指導仕様だわ。気を引き締めなくては。

それにしても、はて？　目先の事とは？

「いいかい？　いくらドヤール家の事業としていても、目端の利く者には、君が数々の事業に関わっている事はお見通しだ。下手に隠しても、どうせ公になるだろうから、私たちも真の権利者を偽装まではしていないからね」

サラリとお父様は仰るけど、偽装しようと思えば出来るんですね。初耳です。でも、商業ギルドへの偽りの報告は、処罰よりも信頼が地に落ちるという、ある意味、商人的には致命的な罰が下るので、やりたくは無いわね。商売に信用、信頼は第一よ。

「そこでだ、サラナ。そんなお前が、装飾品にこだわらず、髪を振り乱して事業ばかりにかまけていたら、どう思われる？　商人にとっては信頼が第一だが、貴族として、余裕のなさは致命的だ。

我らが侮られ、他から蹴落とされれば、領地や民を守るどころではない」

うぅ。ド正論です。王子の婚約者をやっている時は、どんなに辛くても、内情が苦しくても、余裕をかました笑顔で乗り切ってきたのだもの。商売をするにしても、貴族という身分は忘れてはいけないのだ。

「はい……。申し訳ありません。私が浅はかでしたわ」

心の底から反省し、項垂れていると、お父様がクスリと笑われた。

「というのは建前でね。私もデビュタントは、ただ、サラナを着飾りたいんだよ。私の可愛い娘の、大事な晴れ舞台だからね。あぁ、サラナ。なんて美しいんだ。私の娘は、まるで地上に舞い降りた天の遣いのようだ」

お父様は私の手を取って、恭しく口付けた。

「小さな私の宝物。君が生まれた事は、私の人生で、一番の喜びだ」

「お父様……」

いつもは物静かで控えめなお父様が、溢れんばかりの笑みを浮かべている。私は胸が熱くなって、目が潤むのを感じた。

「私も。お父様の娘で、本当に幸せです」

お父様の娘であることが嬉しくて誇らしくて、お父様にそっと抱きつく。大きくて温かくて。いつだって私を信じて、一番の味方になってくれる人だ。

「私。お父様のお嫁さんになりたいわ」

私が9割本気でそう言うと、お父様は声を上げて笑われた。

「君もいつか出会うよ。私などよりも、命をかけても惜しくないぐらい、愛しい存在にね。それまでは、私の可愛いサラナでいておくれ」

ギュッと抱きしめ返され、頭を撫でられる。んもう。お母様が羨ましいわ。こんなに素敵な旦那様がいて。

「……サラナや。ワシの事も忘れんでくれ」

お祖父様がしょぼんとした顔で、手を広げる。その後ろに、伯父様がお行儀よく並んでいた。

「お祖父様も伯父様も、大好きですわ」

クスクス笑ってお祖父様と伯父様と抱擁を交わす。素敵な家族に囲まれた誕生会。そう思う事にして、規模が大きすぎる事からは、意識を逸らす事にした。久しぶりの社交になりそうだけど、仕方ないわ。面倒だけどね。


久しぶりの作り笑いに、顔の筋肉が攣りそうな、サラナ・キンジェです。ごきげんよう。

サラナちゃんお誕生会は、つつがなく進行しております。社交デビューの前哨戦ですので、挨拶で疲れたからって、寝る時間です、お休みなさいませ作戦は使えません。主役ですものねぇ。

普通のご令嬢は、パーティーへの参加は大人のレディと認められる第1歩なので、それはそれは、楽しみにしているものらしいのですが。前世では仕事や遊びでパーティーやクラブのハシゴで完徹なんてザラにこなし、今世ではゴルダ王国で社交デビュー前から、王妃様や王太子妃様の補佐とやらで、茶会や夜会に引っ張り出され、社交の煌びやかさも裏のドロドロ具合も見てきた身としては、今さらパーティーと言われても、心躍る事もなく。もっぱら貴族の義務感で挑んでおります。枯れててすいません。

自分の誕生日なのに、気疲れするわー。

今回のパーティーは、ドヤール領と長くお付き合いのある親しい方々ばかりなので、普通の夜会よりも穏やかなものですが、やはりドヤール家の新参者で、婚約破棄された元王子妃への好奇の目は隠しようがありません。お祖父様&伯父様の強面コンビに加え、ドヤール領内最強の伯母様が睨みを利かせているので、皆様、口にするのは控えていらっしゃいますが、私やお父様、お母様との距離感を測り兼ねて、表面的なご挨拶に留まり、場がやや膠着状態ですわ。盛り上がらないパーティーになりそうだわ。

「おぉ！　サラナ嬢！　なんと美しい！」

そんな空々しい空気を、愉しそうな声が破りました。あらぁ。

「まぁ。エルスト侯爵……。このたびはわざわざ、私などの誕生会にいらしてくださるなんて。光栄ですわ」

誘ったらほんとに来たわぁ。一応、お仕事のお付き合いがあるから、招待状を送ったのだけど。即レス並みの速さで、参加の連絡が来てたし。宰相様って、お忙しくないのかしら。

「大恩あるドヤール家のお誘いなら、参加しないはずがなかろう。ましてや、ドヤール家の宝玉の誕生会ともなれば、何をおいても参加せねば！」

私の指先に恭しく口付け、エルスト侯爵様がニヤリと口の端を上げる。その言葉にお客様方からざわざわと驚くような声が上がって、私は頬を引き攣らせた。そんな意味深な言い方を、しないで欲しいわぁ。

「お陰様で、モーヤーンの肉と毛の加工は順調だ。ご存知の通り、メンフェイ染めとの相性も良くてね。高貴な淑女の皆様に気に入っていただいてねぇ。メンフェイ染物は、注文が昨年の7倍だよっ！」

暦の上で春とはいえ、まだ雪解けは遠い。軽やかで暖かなモーヤーンの毛織物は、社交界でもとびきり高貴な方々の間でのみ流通しており、皆様の購買意欲を煽りに煽っていらっしゃいます。まあ、数がまだ揃えられないのもあるのでしょうが、今から来年の冬向けの注文が殺到しているとか。正に笑いが止まらない状態のエルスト侯爵様。モーヤーンの乱獲規制を準備していて良かったと、ホクホク顔です。モーヤーン被害で困らない程度に討伐した後は、討伐に制限を掛け、毛織物に希少価値を高めたんですね。分かります。

お客様たちは優雅にそれぞれご歓談なさっているけど、私たちの会話をチラチラと気にしていらっしゃる。中には身を乗り出しているご婦人もいて。まぁ。なかなか手に入らないものねぇ、エルスト領の毛織物。ええ、伯母様が何気無く羽織っている若草色のショールは、昨日エルスト領から届いた新作の毛織物ですわ。レースもあしらって、綺麗ですわねぇ。

「父上。美しい女性を前に、事業の話など無粋ですよ」

「はっはっは。そうだったな、レック。いやぁ、ついなぁ」

当然のごとく、ご子息のレック様もご出席です。キラキラしい宰相親子は、サラナちゃんお誕生日会で、大変目立っておりますよ。宰相様と親しげに話す私に向けられる、皆様の視線が痛いぃ。

なぁんて事を気にしていられたのも、この時までだった。

会場の外が、ザワザワと騒がしくなり。

やがて静かに、しかし圧倒的な存在感を持ったお客様が、入場なさいました。

シイン、と静まり返った会場内。

皆の視線を一身に集めながら、それに全く気づかぬように、その方は一直線に私の元へ向かって歩いてくる。

内心、うわぁ、来るな、来るな。と思っていましたが。

にこやかな淑女の仮面を被って、ゲストをお迎えいたしましたよ。ワタクシ、エライワー。

「サラナ嬢……」

私の目の前に立ったその方は、頬を上気させ、ほぅっとため息を吐いた。抱えた大きな薔薇の花束が、その麗しいご尊顔に、良くお似合いですこと。

「まぁ。王弟殿下。いらしてくださるなんて、光栄ですわぁ……」

どこから私の誕生会なんて小さな催しの話を聞いたのか。王弟殿下より招待状をねだられた時は驚いたものだ。十中八九、同じ学園に通うヒューお兄様、マーズお兄様からバレたんだろうと、容易に想像できますが。お兄様方が、私のお誕生会のために、学園に休暇申請をしたと仰ってましたから。

この王弟殿下のお申し出に対し、ドヤール家家族会議を急遽開催。お断りする上手い理由を検討しましたが、全く思い付かずに、結局、招待状はお送りする事になったのだけど。

招待状の片隅に『小さな規模での開催なので、高貴な方をご招待出来るような会ではございませんが、ご容赦ください』＝意訳『来るな』と書いたんですが、華麗にスルーされてしまったようだわ。

「……麗しいな。この花よりも艶やかで、匂い立つようだ」

うっとり。というお顔で何やら仰っていますが、意味がよく分かりませんでした。

「ま、まぁ～。なんて綺麗なのかしら」

物凄く、物量的にも気持ち的にも重そうな花束を受け取り、ちょっぴり引き攣った顔でお礼を申し上げましたわ。ワタクシ、エライワー。

王弟殿下はじっと私を見つめていたけど、顔をしかめ、視線を逸らした。

「サラナ嬢。そのドレスは……。とても、よく似合っているが、どなたかからの贈り物だろうか？」

こちらを探るような目に、私はピンと来た。

これは……！　嫉妬の目だわ！

それに気づいた私は、ついつい悪戯心が芽生えてしまった。

「まぁ。褒めていただいて光栄ですわ。とても大切な方から贈られたドレスですから」

頬を緩めて大袈裟に喜べば、王弟殿下は焦ったような顔をなさる。うふふ。私ってば、なんて悪女なのかしら。若い男の子の恋心を揶揄うなんて。可哀想だから、すぐにネタバラシをしてあげなくちゃね。

「ふふ。このドレス。お祖父様からいただいたものなんです」

伯父様からじゃないですよ、安心してね。

という意味を込めてニコリと微笑めば、王弟殿下は顔を赤らめ、ふぅっと大きく息を吐いた。

「君は……。意地悪だな。私を揶揄うなんて」

「私にとってお祖父様は大切な方ですもの」

嘘なんてついてないもーん。ただちょっと誤解されるような言い方を、しただけだもーん。

伯父様から贈られたものかと勘違いした王弟殿下、必死だわ。好きな人が他の女性にドレスを贈るのは、複雑な気持ちよね。

まあ、冷静に考えてみると、別に伯父様から贈られていたとしても問題はないわよね。私は姪ですもの。

実際はお祖父様と伯父様の熾烈な争い（物理）の結果、誕生日にドレスを贈る権利はお祖父様が勝ち取ったらしいけど。なんだろう、誕生日にドレスを贈る権利って。

ちなみに、お父様は不参加だった。デビュタントのドレスは当然、父親が準備するものだから、今回は譲りますと大人の対応だったらしい。お父様とお母様からはエメラルドのネックレスと揃いのイヤリングをいただきました。ドレスに合わせたもので、素敵ですよ。

「私からはこれを」

王弟殿下から、小さな箱を渡される。可愛らしくラッピングされたそれを受け取りながら、不思議に思った。あら、プレゼントって、さっきのお花じゃなかったのかしら。

「あ、ありがとうございます」

あまり過剰にいただくと、お返しに困るのよねぇとか呑気《のんき》に考えていた私。

艶やかな光沢の赤いリボンを解き、箱を開けると……。

パタンと、思わず箱を閉じてしまった。

私と王弟殿下の間に、気まずい沈黙が流れる。

「君に、似合うと思うのだが……」

王弟殿下の、自信満々な顔に、なんとなく腹が立つのはともかく。

ちょっと待って。うん。心の準備をさせてほしい。ほら、さっきのは、何かの見間違いかもしれないし。

私は愛想笑いをキープしながら、そうっと箱を開けた。

ははは一。見間違いじゃなかったわぁ。

箱の中央にあったのは、ブローチだった。プラチナの華奢な細工の台座に、燦然と輝くのは、ブルーサファイア。透明がかった深みのあるその色合いは、うっとりするほど美しいけど、ちょっと、ねぇ。石が大きすぎない？　前世の感覚で言ったら、多分、数千万、下手すりゃ億。どこぞのセレブ夫人が、『それほどお高くはありませんのよ～』とか言いながら、見せびらかしていた宝石ぐら

いデカい。こっちの世界でも多分、お屋敷が建つお値段だわ。視察先で知り合ったお嬢さんへの誕生日プレゼントにしては、絶対に高価すぎるものだわっ！　王族って、加減を知らないのかしら。

「君の深みのある青い瞳と同じものを、ようやく見つけたんだ。……運命を感じたよ」

なんの運命ですか？　宝石との運命の出会いって事でしょうか？　勝手に人の目の色と絡めて、運命を語らないでくださいな。

「気に入らないか？」

どこか不満気なお声。気に入るか気に入らないかで言ったら、こんなに素敵なブローチ、気に入らないはずがないわよ。大きさはともかく、可愛すぎず、華美すぎず、上品さと可憐さを兼ね備えた、私の好みのドストライクの一品ですもの。センスが良いわー、王弟殿下。こんな風に気の利いた贈り物が出来るなら、女子にモテるはずなのに、女子に興味がないって。もったいないわー。

でもこんな高価そうなもの、一体どんなお返しをしたらいいのか……。あれ？　通常、お誕生日プレゼントなら、お返しはせいぜいお礼状だわ。でも億よ？　さすがにお礼状だけでは失礼だわ。あー、どうしたらいいの？　お礼状の封筒に宝石でも散りばめたらいいの？

殿下の焦れた様子と、想定外の高価な贈り物に完全にパニックになる私。頭が空回りするだけで良い案が全く浮かばない。小箱の中のブローチを凝視するしか出来なかった。

「あらあら。サラナったら。あまりに素敵な贈り物なので、胸が一杯でお礼の言葉も言えなくなってしまったのかしら？」

「まぁまぁ。素敵なブローチ。今日の装いにも合うわよ。着けてみたら？」

頭が真っ白な私の元に、救世主降臨。お母様と伯母様です。

高価すぎるブローチにも全く動じず、にこやかにブローチを褒めそやした。

「申し訳ありません、王弟殿下。サラナは家族以外の男性から贈り物を受け取るのは初めてですの。ご容赦くださいませ」

お母様が恥ずかしい事実をぶっ込んでくる。え？　今それを言う必要ありますか？

「え？　だが、サラナ嬢は、婚約者がいたのだから……」

王弟殿下が戸惑うように私とお母様を見比べる。貴方も今ここでそれを言います？

「……王命での婚約でしたからねぇ。お相手は、サラナがお気に召さなかったようで、他のご令嬢には気前良く贈り物をなさっていたようでしたけど、サラナには、お手紙1つ……」

お母様は悲しげな顔をしていたが、吹っ切るように軽く頭を振って、笑みを浮かべた。

「まあ、折角の誕生日に嫌な事を思い出してしまったわ。ねぇサラナ。素敵なブローチだわ。貴女も気に入ったでしょう？」

「っはい！」

いけないわ。値段に気を取られすぎて、お礼も述べていなかったわ。お返しについては後でお母様たちに相談して決めたらいい事だし。それに。

「嬉しゅうございますわ。トーリ殿下。とても素敵」

女性に興味のない殿下からのカモフラージュとはいえ、人生初、家族以外の殿方からの贈り物だもの。嬉しい事は嬉しいのよ。全く気持ちは入ってなくても、宝石に罪はないものね。

愛想笑いとは違い、自然に頬が緩む。あら嫌だ、私とした事が、表情が取り繕えないわ。

貴族令嬢としては、はしたないと頬を押さえていたら、目の前がバサリと暗くなった。

「サラナ……。お母様と少し下がりなさい」

お父様が上着で私の顔を覆い、素早くお母様に引き渡す。全く前が見えなかったが、お母様が一礼して私を連れ出した。

そんなに酷い顔をしているのかしら。恥ずかしすぎるわ！

私たちが退室した後。

私の緩んだ顔を見たトーリ殿下をはじめとする貴族令息たちが、皆一様に顔を赤らめていて、お祖父様以下ドヤール家の男性陣が殺気立っていたなんて、全く知る由もなかった。


取り乱して退室しましたが、なんとか持ち直しました、サラナ・キンジェです。ごきげんよう。

主役なのに退室するなんて！　となんとか気合いを入れ直しました。侍女さんたちによってたかってお化粧直しやら髪型チェンジやらお世話され、気分も新たに再登場。してみたら、なんだかパーティーの様子が一変していました。おや？

お父様やお母様に次々と招待客が話しかけ、なんだか和やかな雰囲気。そして何故か、ドヤール家、ラカロ家の一員みたいな顔で招待客に対応する王弟殿下。退室していた間に、何があったのでしょうか。

「サラナ嬢……！」

私が戻ったのに気づくや否や、王弟殿下が滑るように近づいて来て、自然とエスコート体勢に。ついつい釣られてその腕に手を重ねると、流れるように場の中心に連れて行かれ。

「似合っている……。とても美しい」

私の胸に輝くブローチを見て、王弟殿下が笑み崩れる。まぁ。美形の無邪気な笑顔は破壊力がございますわね。眩しいわ。

「あ、ありがとうございます？　そ、それにしても、王弟殿下……」

「トーリと。先ほどはそう、呼んでくださった」

やだわぁ。王弟殿下御一行様は、名前で呼んで欲しいブームなのかしら。エルスト様もレック様とお呼びしないと、頑としてお返事なさらないし。

「……トーリ殿下。なんだか会場内の雰囲気が変わったような？　何かありまして？」

そして今さらながら、王弟殿下にエスコートされてるわ、と気づいた。怖いわぁ。王弟殿下ファンのご令嬢に刺されないかしら。ご令息でも嫌だけど。さりげなくエスコートの腕を外そうとしたけれど、殿下にそっと手を押さえられ、叶わず。くぅっ。

「ふっ。ちょっと悪い虫が沢山出たのでね。ドヤール家の皆様と一緒に、牽制と撃退をしていたんだよ」

「悪い虫？　会場にですか？」

まぁ。さすが緑豊かなど田舎のモリーグ村。虫とは切っても切れない関係ですけれど。屋敷内に大量発生するなんて、珍しいわ。

「まぁ。悪い虫に刺されたりしませんでしたか？　お気をつけくださいませね？」

賓客が我が家で悪い虫に刺されたなんて事になったら、大変だわ。責任問題ですよっ。

「大丈夫。目に付いたものは全て潰しておいたからね。美しいサラナ嬢には、指一本触れさせないよ」

あら良かった。全て駆除済みなのね。でもお客様にそんな事させてしまったなんて、申し訳ないわね。

「サラナ。こちらにおいで。トーリ殿下。エスコート有り難うございました」

お父様がニコニコと笑いながら私へ手を伸ばすので、お父様の元へ行こうとしたら。

「ラカロ卿は奥方のエスコートがあるだろう。今日は及ばずながら、私がサラナ嬢のエスコートを務めよう。それとも、私では不足かな？」

ぐいっと笑顔のトーリ殿下へ引き戻されました。あらー。

「そんな。不足などと恐れ多い。しかしサラナはまだ幼く、殿下へご迷惑をお掛けするやもしれませんので」

困った笑顔を浮かべているが、いつになく圧が強いお父様。しかし殿下もニコニコと応酬する。

「サラナ嬢はデビュタントを迎える年だろう。あと1年足らずで成人される身だ。幼いなどと、あるはずない。それに。私が知る限り、最も素晴らしい淑女だ。エスコート出来るのは、至上の喜びだよ」

キュッと私の手を捕らえたまま離さない殿下。あらまー。

これは一体何が起きているのかしら。私が退席している内に、何か変わった事でもあったのかしら。

私はそっと周囲を見回す。私たちのやり取りを興味深そうに見つめる皆様、の中に。あら。一部のご令嬢たちが悔しそうにこちらを睨んでいます。ははぁん。

どうやら私がいない間に、王弟殿下の登場に、色めきだったご令嬢たちの猛襲があったようね。それに困った王弟殿下が、私を盾にご令嬢たちを防ごうとなさっていると。あらぬ噂が立つのを恐れたお父様が、私を取り返そうとしたが、女性に囲まれては伯父様に誤解を受けると恐れた殿下が、私を返す事を拒否なさっている。

素晴らしい推理だわ、サラナ。名探偵も真っ青よ。

「まあ。光栄ですわ。よろしくお願いいたします」

好きな人に誤解されるなんて嫌だものね。少しぐらいの虫避けなら、協力してあげますわよ。

そんな気持ちでニッコリ微笑んだのに、王弟殿下の顔色は優れなかった。

「快諾してもらってなんだが、何か大きく誤解されている気がするのは、何故だろうか」

「なんの事でしょう？」

サラナちゃんの名推理に、何か問題でもあるのだろうか。

王弟殿下のエスコート付きのお誕生会は、盛り上がりつつあった。

さすが王弟殿下。貴族たちへの対応がスマートだわ。爵位が低い方たちのお名前や家族構成も、キチンと覚えていらっしゃるし、話題も多岐に渡って楽しいわ。

これが前の婚約者だったら。話す相手の名前は覚えてないわ、話題はくっそつまんないわ、9割自分の自慢話だわ、途中で他の女と消えるわ。フォローする私の身にもなれと言いたかったわ。嫌な思い出しかない。

あらこれ。比べる対象が悪すぎるわね。アレと比べる事自体、不敬な気がしてきたわ。

「サラナ嬢。少し側を離れる」

物思いに耽《ふけ》っていた私に、王弟殿下が小声で囁いた。

視線の先にはエルスト侯爵とレック様、それから何人かの男性が、固まって話している。

「すぐに戻る。悪い虫には釘を刺しておいたから、大丈夫だと思うが……。気をつけていてくれ」

「はい……?」

あら。まだ危ない虫がいるのかしら。それならお祖父様たちの元にいた方が良さそうね。

王弟殿下と離れ、お祖父様たちを探していると。

ささささ、と、囲まれました。そのまま、目立たない部屋の隅に誘導されて、あら？

気づけば、怖い顔をしたご令嬢数名に、囲まれているではありませんか。まぁー、なんて見事な連携プレー。お見事。

「ちょっと、貴女。どういうおつもりなの？」

令嬢たちの中でも、一際派手なご令嬢が、扇子を広げてこちらを睨みつけてくる。

あらー？　この方は確か。ロギスト伯爵家のご令嬢だったわね。今回お招きした中でも、古参の伯爵家で、家格も高かったはず。

周りの令嬢を従えて、正に、筆頭の悪役令嬢という感じ。でも残念。悪役令嬢定番の金髪縦ロールじゃなくて、赤毛のまとめ髪だわ。お綺麗な方だけど、コレジャナイ感があるわねー。

「なんの事でしょう？」

私は首を傾げて訊ねる。まあ、十中八九、王弟殿下絡みですよね。

「トーリ殿下にあのように馴れ馴れしくなさるなんて！　殿下がお優しいのをいい事に、エスコートまで……！」

「えっ？　王弟殿下はお優しいんですか？」

初耳！　噂では、女性に1ミリも優しくないって聞いてますけど！　サラナちゃん情報網が間違っていたのかしら。私とした事が、抜かったわ！

「お、お優しくは、無いけれど……」

「ですわよね？　良かった。私がお聞き及びしていたのは、王弟殿下は女性から馴れ馴れしくされるのがお嫌いだとか。そうですわよね？」

筆頭悪役令嬢が歯切れ悪く仰るのに、私はほっと安堵した。サラナちゃん情報網に間違いは無かったわ。やれやれ。

「ですがっ！　今日は貴女に優しくしているじゃありませんかっ！　エスコートなんて、どの令嬢も受けた事は無いんですよっ！」

顔を紅潮させて怒る筆頭悪役令嬢。そんな事言われても。

王弟殿下……。確か17歳でしたわよね。えー。女性をエスコートした事ないのー？　それは貴族男性として、どうなのかしらと思うわよ。あらそれとも、男性ならエスコートした事が、あるのかしら？　あら？　それともされる方？

……まぁ、どっちにしろ。年頃の令嬢に冷たく当たっているのには、変わりはないのだけど。そこにポッと出の私がエスコートされていれば、そりゃあご令嬢方は、どうなっているのかと思いますわよね。はぁ。

さてさて。どうやって言い訳しようかしら。

こんなに可愛らしいお嬢様方を、真実で傷つけないようにするには……。あ、そうだ。

「あのぅ、皆様。それは私のせいではなくて、ある意味、皆様のせいですのよ？」

私が宥めるようにそう言うと、ご令嬢方は困惑する。

「ど、どうして私たちのせいになるのよっ！」

代表して皆の疑問を口にする筆頭悪役令嬢。さすが、筆頭ですわね。

「いけませんわ、皆様。あの年頃の殿方の中には、恋愛に対して潔癖な方もいらっしゃるのです。恋愛などは低俗なものとして捉え、大袈裟なぐらい忌避する場合もあります」

令嬢方が目を丸くする。まあ、仕方ないわよねぇ。彼女たちも貴族令嬢とはいえまだ10代。経験値が圧倒的に少なくていらっしゃるもの。そんなメンドクサイ、いえ、繊細な男性心理なんて、分かりませんよね。

「だいたいは、年齢を重ねるにつれ緩和していくものですけれど。そんな、触れたらキレそうな多感な時に、皆様方のようにお美しいご令嬢方に囲まれてしまったら、崇高な意志とは裏腹に、女性に惹かれてしまう自分に戸惑って、ますます意固地になられてしまいますわ」

「ま、まぁ」

「美しいだなんて……」

「惹かれるだなんて、そんな」

戸惑いながらも、恥ずかしげに頬を染めるご令嬢方。まあぁ。初々しくて可愛らしいわぁ。

「私は、デビューもまだの子どもですし……。王弟殿下がドヤール領に視察にいらした際、光栄にも何度かお言葉を交わさせていただきましたが、その場にはドヤール家のヒューお兄様やマーズお兄様も必ず同席していましたので、こう言ってはなんですが、妹のように思われて、慣れてしまわれたのだと思います。だから、お美しい皆様方の視線をかわすために、あえて私をエスコートしていらっしゃるのです。皆様、王弟殿下のためにも、今は静観なさった方が、よろしいかと。美しすぎる華は、多感な青年には刺激が強すぎますわ」

ご心配なさらず。私は、妹枠の扱いですよー。本当は、伯父様への恋の隠れ蓑《みの》ですけど。

ご令嬢方にそう、ニッコリと微笑んでみると。

自尊心をくすぐられ、なおかつ、王弟殿下の内面を知ったい、た気になったご令嬢たちは、見事に引いてくださいましたわ。一丁上がり。ほほほ。

「見事なものだな」

筆頭悪役令嬢御一行様が、会場に戻られたのを見届けていたら、頭上から声が降ってきた。

「お祖父様！」

「ご令嬢方に囲まれて、困っているようなら助けようと思っていたのだがなぁ」

ポンポンと優しく頭を撫でられた！　理想の殿方からの頭ポンポン、ありがとうございます！

「まぁお祖父様。淑女の楽しいお喋りに、殿方が割って入るのは無粋ですわ。男の方には聞かせたく無い話もございますのよ？」

「先ほどのようにか？　ふっ、ずいぶん簡単に、あしらったもんだ」

「あしらうだなんて、そんな、人聞きの悪い。皆様、お若くていらっしゃいますから。素敵な殿方の事となると、ついつい気持ちが逸《はや》ってしまうのですねぇ。きちんとご説明さしあげたら、納得していただけたのですわ」

あれぐらいならまだ可愛いものですわよ。前世に勤めていた会社は、いわゆる、一流というところで。有望株男子を巡る若い女子社員の攻防は、それはもうドロドロしてて。昼ドラも真っ青だったわぁ。傍《はた》から見ているだけでも、ハラハラドキドキよ。

今世も一応、王子の婚約者だったから、令嬢たちから睨まれたり、その家族にドギツイ嫌がらせもされたけど。囲まれたりするぐらいはねぇ。あれに比べたらねぇ。

「いらぬ心配だったようだ。だが、心細ければ、必ずワシを頼るのだぞ？」

「女性には女性の戦いがございますのよ。……でも、お祖父様が側にいてくださるのは、何より心強いですわ。ありがとうございます」

私はお祖父様の手を握ってニッコリ笑った。

うふふ。心配性なお祖父様。大好き。

「資質でいえば、王家にも足るのだが……。いや、イカン。サラナをあんな魑魅魍魎だらけのところに、嫁に出すなど……。せめて近い分家筋から婿を取って、ワシの手元に、ずっと置けるように……」

お祖父様が何かブツブツ呟いていらっしゃったけど、その小さな声は、会場の喧騒に紛れて、私の耳には届かなかった。


エスコートが変わりました、サラナ・キンジェです。ごきげんよう。

あの後。

私の元に戻られた王弟殿下は、お祖父様にエスコートされている私を見て、硬直した。

「ワシは妻に先立たれ、エスコートする相手もおらんからのぉ。サラナも、こんな爺さんより王弟殿下の方が嬉しいだろうが、お忙しい王弟殿下の手を、いつまでも煩わせるのも申し訳ない。可愛い孫のエスコートを、譲ってくだされ」

　飄々とそう言って私を連れて歩くお祖父様。

「いや、私はっ、忙しくなどとっ」

「先ほど、サラナは可愛らしいお嬢さん方に囲まれておってなぁ。王弟殿下のエスコートなど分不相応だと叱られてしまったのだ。確かに、我が孫娘は男爵家の娘。尊き王弟殿下のエスコートを受けられる身分では無いわ。身内の集まりのような小規模なパーティーだからと気軽な気持ちであったが、認識が甘かった。ご容赦くだされ」

　ジロリと王弟殿下を一瞥して背を向けるお祖父様。その顔は厄介事に私を巻き込むなと言いたげだった。

「サラナ嬢、そんな事があったのか?」

「ええ。ですが皆様にキチンとご説明いたしましたら、ご納得いただけたようですわ」

　ホホホと笑えば、王弟殿下の眼がキラリと光る。

「そうか。さすが、サラナ嬢だな。まあ、君のような才女ならば、そこらの令嬢に何を言われたところで、平気だろう」

　王弟殿下の何気ない言葉に、私の胸はツキンと痛んだ。昔から覚えのある、どうしようもない諦めに似た感情に支配される。

「ええ……。まぁ、そうですわね」

　歯切れ悪く答える私に、トーリ殿下は不思議そうな顔をしている。私は反射的に、作り笑いを浮かべた。

あれぐらいの嫌味や揉め事なら、前世でも数えきれないぐらい、遭遇しましたし。受け流したり、時には真っ向から対応したりと。その時々によって、対応の仕方を変えて、なんとかこなしていましたけど。だからといって、全く傷つかない訳ではないのだ。

前世では長女として生まれて。親からは子どもとして甘える事より、下の弟妹たちの姉としての役割を強く求められて。頼りにされるのが当たり前で、長じてからもその性根は抜けなくて。

しっかりしているとか、助かるよとか、これなら僕もなんの心配もせずに仕事に打ち込めるとか、初めは好意的に受け止めてくれた恋人たちは、段々と君は1人で大丈夫だとか、僕がいなくても平気だろうとか、頼ってくれないなんて、可愛げがないとか言い出して。

結局、人生の伴侶には守ってあげたくなる、か弱い人や甘え上手な人を選んでいた。

好きで強くなった訳では無いし、そう無理して振る舞っていたら、周りからそう見られるようになっていって。

今さら、甘え方も分からなくて、置いていかれても、縋り方も知らなかった。

ただ私だって守られたかった。疲れたと、怖かったと弱音を吐きたかった。無理をするなとか、もう大丈夫だと言われて、何も心配せずに身を委ねてみたかった。無条件に甘えられる場所が欲しかった。

でも今さら、この性格も生き方も改めるなんて出来なくて。弱々しくて頼りないふりなんて出来なくて。

結局私は。誰かに頼られて、いいように利用されて、それで結局、最後は選ばれない、そんな人生を送るしかないのかしら。

前世みたいに、1人で生きていける、楽しいわと言いながら、将来の孤独と寂しさに怯えながら生きていくのかしら。

「その言葉が本心ならば、二度とサラナのエスコートはお断りいたします、王弟殿下」

そんな私のどうしようもない思考は、お祖父様の冷えた声で遮断された。

「……平気であるはずがなかろう」

柔らかく私を支えるお祖父様の手は、冷えた身体に染み入るほど温かい。労わるように肩を撫でられ、知らずに入っていた力が抜けた。

お若い王弟殿下は、突然のお祖父様の怒りに、理由が分からなくて、ポカンとしている。

無表情に、巌のような硬さで傍らに立つお祖父様を見て、私はフッと頬を緩めた。

嫌だわ、私、馬鹿ね。

こんなにも全力で守られている事に、気づかないなんて。

お祖父様だけじゃないわ。伯父様も、伯母様も、お父様も、お母様も。

私がやる事に一度だって反対した事はないし、全力でフォローしてくれるし、失敗しても笑い飛ばしてくださって、悪意からは一丸となって守ってくださるじゃない。

私、今世ではちゃんと、手に入れていたじゃない。無条件に甘えられる場所を。前世では得られなかった、溢れるような溺愛を、家族から受けていたわ。

「お祖父様」

見上げたお祖父様の瞳に、呆れるぐらい過保護な色が浮かんでいるのを見て、私は甘えるように寄り添った。

「ずっと見ていてくださって、嬉しいわ」

お祖父様は私の言葉に、ちょっとドキドキするような、ワイルドな笑みを浮かべる。

「ワシら騎士からすれば、お前はか弱き女だ。ワシの全てで、お前を守ろう」

キュン。

まあぁぁぁ。お祖父様ったら。素直になれない強がり女子に、なんて殺し文句を。

「やっぱり、格好良いですわ、お祖父様」

「はっはっはっはっ」

お祖父様の腕にギュウと抱きつけば、お祖父様は先ほどの不機嫌はどこへやら。豪快に笑った。

ううー、格好良いぃ。好き。

「王弟殿下。やはりエスコートは、あらぬ誤解を受けてしまいますから、ご遠慮申し上げますわ」

なんだかショックを受けているように見える王弟殿下に、私は心を鬼にして、そう告げる。

「サ、サラナ嬢？」

「王弟殿下の大事な方にも、誤解させてしまっては申し訳ありませんもの」

露払いぐらい自分で出来なくては、伯父様に振り向いてもらう事なんて出来ないわよねぇ。いや多分、振り向く事はないと思うけど。ダメね、私ったら。伯父様への叶わぬ恋に同情しすぎて、甘やかしちゃったわ。

「ほう。王弟殿下には意中の方がいらしたか。それならば、他にかまけずにその方を大事になされ」

「な、なんの事だ？　私にはそんな人……」

王弟殿下がチラチラと私を見ながら、顔を赤らめる。いや、チラチラ見られても、もう隠れ蓑にはなりませんよ。

今までのように、都合よく利用されるのはもう嫌だわ。私のためだけでなく、私の事を大事に思ってくださる人のために、自分の事を大事にしたい。

私は扇子で口元を隠し、ニッコリと笑った。

「本日はご参加いただきまして、嬉しゅうございましたわ。どうぞ、ご存分に、お楽しみくださいませ」


「ふっふっふっ。振られてしまいましたなぁ、トーリ殿下」

呆然と離れていくサラナ嬢の後ろ姿を見つめていたトーリに、ニヤニヤしながら宰相のエルストが近づいてきた。

「ふ、振られた？」

トーリは狼狽えた。花も贈り物も、慎重に選んで、完璧なはずだった。途中までは、喜んでいてくれてたのに。

だが、サラナに、はっきりとエスコートを断られた。先ほどまで見せてくれていた、素直な、可愛らしい笑みではなく、貼り付けたような、作り笑いに変わっていた。一時、側を離れた間に、一体何があったのか。パーティーに出席している令嬢たちとの間で、何やら揉め事があったらしいが、それは問題なく解決したと言っていたのに。

「あー、あのですなぁ。トーリ殿下」

あまりにショックの大きいトーリを、さすがに見ていられなかったのか、エルストは口を開いた。

「こういった社交の場で、あの程度のやり取りは日常茶飯事。サラナ嬢はお若くていらっしゃるが、さすがはゴルダ王国で『完璧な淑女』と呼ばれただけはある、見事な場の収め方をしていらっしゃった」

エルストはトーリや息子のレックと歓談中だったが、サラナたちの揉め事にも気づいていたらしい。どういう耳をしているのかと驚いたが、この老獪な宰相なら、それぐらいは朝飯前なのだろう。

トーリは全く気づけなかった事に、恥ずかしくなった。

「私が気づいていたら、令嬢たちを止められたのに……」

「ああ、いや。そうではない。そうではないですぞ」

落ち込むトーリに、解答を間違えた生徒を教師が正すように、エルストは首を振った。

「あれぐらいは、サラナ嬢は自分であしらえるのですよ、トーリ殿下。あれぐらいの些事は、高位貴族の令嬢ならば、日常茶飯事。自分で解決して当然なのです。そうでなければ、社交界を渡ってはいけない」

「だったら、何故」

「……私の妻は、侯爵家の妻として、それはもう、強いのですよ」

エルストは突然、声を潜めるようにして、トーリに囁いた。

「は？」

エルストの妻で、レックの母親である侯爵夫人は、社交界で密かに女帝と呼ばれている。トーリの義姉である王妃の懐刀にして、現宰相の妻。楚々とした見た目とは裏腹に、敵に回せば恐ろしい女性だ。

「妻は大抵の事ならば、己で解決してくれます。お陰で、私は些事に惑わされる事なく、宰相として、領主として存分に働ける訳です」

「そ、そうであろうな」

突然、なんの話だと、トーリは曖昧に頷く。今はエルストの妻の話より、サラナの事に集中したかった。

「ですが、いくら強く完璧でも、妻も1人の人間です。悪意に晒されたり、諍《いさか》いに巻き込まれたりすれば、心細くなる。誰かに、寄りかかりたくなる。しかし、そんな心の内は微塵も外に出さず、凛として立たねばならぬ立場です。妻が傷付いた心を曝《さら》け出せるのは、夫たる私の前だけなのです」

トーリはエルストを見つめた。ようやく、彼の言わんとしている事を理解出来た。

「強く、賢く、気高くある事を、伴侶たる女性に求めるのは構いません。だが、同時にそれは彼女たちの矜持によって保たれているのだと、ご理解ください。そして、それを当たり前と思わず、常に感謝と気遣いを。そうでなければ、夫婦など成り立ちませぬ」

エルストの言葉に、トーリはようやく合点がいった。

前ドヤール卿、冷えた怒りと、排除。

そして、サラナの、あの表情の変化。諦めとも、哀惜ともとれる表情をほんの一瞬浮かべた後、完璧なまでに上辺だけの笑みにすり替わった。

失望されたのだ。あの一瞬で。

側近たちは、ゴルダ王国でのサラナの事を、詳しく調べていた。

幼くして『完璧な淑女』と称される才女。王子妃教育も前倒しで修了した逸材。

だが、サラナはゴルダ王国の王子妃として、尊ばれてはいなかった。婚約者であるミハイル第2王子が、サラナを軽んじていたからだ。婚約者としての最低限の関わりすら持たず、それを隠しもしなかった。

サラナはそんな状態だったにもかかわらず、茶会などでは、王子の婚約者としての嫉妬と、王子に顧みられないお飾りとの嘲笑に晒されていた。そんなサラナを、王子は守る事も労わる事も、一度もしなかったのだろう。

あの一瞬に垣間見えた表情は、そんなサラナの心の奥底だったのではないだろうか。誰にも守ってもらえないのだという、絶望と諦めだったのでは。

そして、そんなサラナの心を救ったのは、前ドヤール卿だ。トーリに怒りを表した一言。その言葉は、限りなくサラナの心に寄り添っていて、一瞬で彼女の諦めを拭い去った。

トーリは片手で目を覆い、自分の失態に打ち震えた。

令嬢たちに何を言われたところで、平気だろうなどと。自分よりも高位の令嬢たちに囲まれて、緊張し、気疲れしたであろうサラナに、１人で大丈夫だろうなどと。突き放すような言葉ではないか。あの時、一番言ってはいけない台詞だ。

「知者の言葉は、千金に値するな……」

「ふっふっふっ。トーリ殿下はまだまだお若い。色々と、偏る事なく精進なされよ」

女心に疎い事を婉曲に指摘され、トーリは声にならないうめき声を上げた。

聡く、賢く、思いも付かない発想力と、それを実現する実行力。そんなところに惹かれ、妃にしたいと望んだ人だったが。

垣間見えた思い掛けぬ脆さに、愛しさが募るなどと、誰が想像しただろうか。

ますます、サラナという女性に惹かれていく自分に、戸惑いを隠せないトーリだった。

ドヤール家　夜会の後の小宴会

誕生日会を終え、主役であるサラナが寝静まった後。

夜会の主催者となれば、夜会中に食事をとる暇などない。お開きの後に軽食を準備して、ドヤール家の大人たちは、一室に集まっていた。久しぶりの夜会で皆疲れていたが、早急に話し合うべき事が持ち上がったからだ。いや、愚痴り合いたい事と、言うべきか。

「ありゃあダメだ、ダメだ、絶対にダメだ！　あんの若造！　ワシの大事なサラナを、蔑《ないがし》ろにしおって！」

一同を集めたのは、怒り心頭のドヤール家前当主、バッシュ・ドヤール。グラスに注いだ度数の強い酒を、怒りながらパカパカと呷《あお》る。ちなみに酒に酔ったことは生まれてこの方一度もない、酒豪というよりはザルである。もう結構な年なのに、衰えというものを知らぬバッシュは、若い頃と変わらぬペースでグラスを重ねていた。

「あー、そりゃダメだな。ないな、絶対」

現当主、ジーク・ドヤールは、同じく、妙に据わった目でグラスを傾けている。こちらも父親と同じザルで、ほんのり目元が赤くなる以外は、いつもと変わらぬ様子だった。いつの間にか腰に下げている愛刀に手を掛けているのが物騒極まりない。

「婚約者と過ごしている間にそんな事になってたなんて」

「兄さん。俺たちのせいだよ。王弟殿下に休暇の事知られて、誤魔化しきれなくって」

ドヤール家の息子たち、ヒューとマーズは、分かりやすく落ち込んでいた。こちらは2人とも成人しているが、まだ酒を美味いと感じられるほど大人ではなく。皿に山のように盛られた肉を、自棄酒ならぬ自棄肉だと言わんばかりに、飲み込むようにむさぼり食っていた。単に、彼らがお腹を空かせていたせいもあるのだが。

「あらまぁ。そんな事があったのですねぇ。ふふふふ」

「ほほほほほ」

軽やかな笑い声を上げているのは、ドヤール家最強の女性陣だ。慈悲深い笑みを浮かべながらも、まるで獲物を追い詰める肉食獣のような表情に見えるのは、気のせいではないだろう。こちらは軽めのワインを片手にほろ酔いだが、芯はヒンヤリ冷めているようだ。

発端は、誕生日会に起こった、可愛らしい諍い。王弟殿下にエスコートされたサラナに嫉妬したご令嬢たちが、サラナを取り囲み、詰め寄ったのだ。

サラナはそれを難なくいなし、丸め込み、何事もなく、収めてみせたのだが。

その後の王弟殿下の心無い一言で、サラナは傷つき、口には出さないが、どことなく、気落ちしているようだった。

事の顚末を一部始終見ていた怒り心頭のバッシュから、その話を聞き。ドヤール家の中で、王弟殿下の評価は急降下した。元々、高くもなかったのだが、地に潜る勢いで、急降下だ。

ちなみに、サラナを取り囲んだご令嬢たちには、ドヤール家の怒りは、特に向かなかった。軽率な振る舞いではあるが、あのご令嬢たちのしたことで、特段、サラナは堪《こた》えた様子がなかったからだ。ただ、彼の令嬢たちへの印象はすこぶる悪くなり、今後の貴族としてのお付き合いには、何かしら影響は出るだろう。何かと注目を集めているドヤール家と、つながりを求める貴族家が多い中、その影響は、小さくはないだろう。

それぞれが王弟殿下への怒りを燃やしている中。セルトは静かに、何かを考えこんでいた。グラスに注がれた蒸留酒にも、口を付けていなかった。

「セルト。お前はどう思う」

義父に問われ、セルトはゆっくりとバッシュに視線を向けた。ギラギラとした怒りを隠そうともしない義父の、強い視線を受けても、セルトは全く揺らぐこともない。

バッシュはにやりと口の端を上げた。この義理の息子は、ドヤール家の男のように腕力はなくとも、その肝の据わり方はドヤール家の誰にも負けない。今日の夜会でも、力などなくても、澄み渡る鋭利な頭脳で、他の貴族たちと同等に渡り合っていた。そんな頼もしい義理の息子の姿に、バッシュは嬉しくなってしまうのだ。

「サラナの結婚相手のことを、考えていました」

「まさか、あのガキを相手になどと、考えてはおらんだろうな」

バッシュの膨れ上がる怒気を全く気にせず、セルトはのんびりと答える。

「……足りないところもありますが、悪くはないかと思っていたのですが」

「ならんぞ！　サラナを守る気概もなく、利用する事しか考えてない男など！　ワシは絶対に認めん」

セルトは義父の怒りに、嘆息する。よりにもよって、一番見られてはならない人に、失態を見られるとは。彼も、とことんついていない。彼がサラナと添える確率は、このせいでぐっと下がったといえるだろう。

女嫌いで潔癖で、理想が高いと噂の王弟。ドヤール領の視察で初めて会った時は、その噂通りの人物だと感じた。美しく、有能で、民想いの、真面目な王族。彼に圧倒的に足りないのは経験値。同じような思考の側近たちだけでなく、もっと幅広く、色々な者に接し、様々な事に触れれば。もっと魅力的で、素晴らしい人物に成長するだろうと。

ユルク国王が、弟にドヤール領の視察を命じたのは、ドヤール領の研究や発明のためだけではないだろうと、セルトは考えていた。頑なで女嫌いで理想の高い弟が、聡明なサラナに出会った時にどう反応するのか。確信はなかっただろうが、何か変化があればそれも良しぐらいには、考えていたのではないか。

ふたを開ければ、女性に免疫のない王弟殿下は、あっさりとサラナに夢中になってしまった。あの、つまらなそうな顔でサラナを叱責していた子どもが、手のひらを返したように、あれほど情熱的な手紙を送ってくるようになるなど、誰が思っただろうか。目を見張るような高価なブローチを誕生祝いに贈り、周囲を威嚇しながら、これ見よがしにエスコートするなど、誰が。

「彼がもう少し、思慮深ければ文句はないのですが。あのように周りの影響も考えず、思いのままに振る舞われては困りますね。そこは、今後、成長していけば、改善されるのではないかと思ったのですが」

サラナにその気がない限り、たとえ王族からの申し込みでも、受けるつもりはないのだが。

サラナの結婚相手として、あの王弟殿下も悪くはないのかと、思ったりもする。

元の婚約者、ゴルダ王国の第２王子に比べてみれば、少なくとも、サラナに好意を持っている彼なら、奴よりは、大事にしてくれそうだし。

「まぁ、あなた。それはいけません」

なんとなく漠然とそんな事を考えていると、カーナが珍しく、窘めるような声を上げた。

「うん？　ダメかい？　カーナ」

「ええ、あなた。私も、サラナのあの達観したような恋愛観が、心配ではありますけど。決して、焦ってはいけませんわ。あの子だって、いつかはきっと、変わる時がくるはず」

そう。カーナの言う通り。セルトの心配事は、サラナのあの、達観しているというか、諦めているというか、枯れているというか。恋愛事が、自分に起こるなどと、全く思っていないところなのだ。

貴族の大半は、政略結婚だ。だが、それでも結婚すれば、恋はなくとも情は出てくる。始まりは政略結婚でも、穏やかな愛を育む夫婦も多い。サラナはそれすら、最初から期待していないように見える。

親の贔屓目を差し引いたとしても、サラナは可愛らしく、優秀で、稀有な能力を持っていると思う。王子妃としての教育を長年受けていただけあり、教養も深く、貴族の娘として、充分すぎるほどの魅力を備えている。そして何より、心根が優しく、しっかりしているのだ。あれほど領民の事を想える子が、王子妃に相応しくないなどと。どうして言えるだろうか。

なのにサラナは。そんな自分をまるで価値がないように思い込んでいる。愛されるなんてありえない、幸せな結婚などありえないと。どうしてあれほど優秀なのに、自己評価が低すぎるのだろうか。その理由を、セルトは察していた。

それはきっと、あの元婚約者からの、長年のひどい仕打ちがあったからで。散々貶《けな》され、軽んじられてきたサラナは、結婚相手に過剰な期待を持たないようになってしまったのだろう。そう思うと、王家の申し出であったとはいえ、あんな婚約者を断れなかった不甲斐ない父親である自分が、許せないのだ。

親の自分たちが、どれほどサラナが素晴らしいか伝えても。サラナは嬉しそうにはするけれど、きっと心の底から信じることは出来ないのだ。親だから、自分を愛してくれるのだと、思い込んでいる。他者から傷つけられた心は、親や家族の愛だけでは、癒せないのかもしれない。

「あなた。サラナのために全てを捨てると決めた時、誓ったではありませんか。あの子の幸せを、今度は絶対に諦めないと。いくらあの第2王子と比べればマシだからといって、あんなので、妥協はいけません、絶対に。サラナには、心からあの子を愛し、大事にしてくれる人が現れます、必ず！」

王族をあんなの呼ばわり。辛辣な妻の言葉に、セルトは苦笑いをする。いつもはふわふわと可愛らしい妻だが、こういうところはやはり、義父や義兄と同じだと感じる。似たもの父娘、兄妹なのだ、この一家は。

「うん……。そうだね。サラナの相手の事だもの。やはり、君も、彼では足りないと感じるのか」

直感では分かっていても、焦るあまり、思考が鈍っていたようだ。セルトは妻の言葉で、目が覚めたような気分だった。深々と息を吐き、頭を切り替える。やはり妻は、自分には欠かせない存在だと改めて感じ、寄り添う妻を感謝するように抱きしめた。

ああ、そうだ。焦ってはいけないのだ。大事な大事なサラナを託す相手なのだ。妥協など、決してするものか。

「あら、セルト様。そんな事を心配していたの？　ホホホ。大丈夫よ。あんなお子様より、もっといい男が、サラナにはいるじゃないの」

ドヤール家の女傑も、大変、強くて肝が据わっている。隠す気もない王族への不敬な発言も気になるが、それよりも。もっといい男とは誰の事か。ミシェルは誰か、サラナの相手に思い当たる者がいるのだろうか。

「あら、ミシェル。なぁに？　何か気づいた事でもあるの？　うふふ、もしかして、私が思っている人と、一緒なのかしら？」

目をキラキラさせている最愛の妻からも、意味深な発言が飛び出す。しかし女性陣は、顔を寄せ合い、キャッキャックスクスと2人で楽しみ始めた。こうなると、男など蚊帳《かや》の外だ。まだこちらに教える気はないのだろうと察して、セルトは潔く引き下がった。

ドヤール家の男たちはセルトの背を叩き、慰めた。男親としては、心配でもあり、複雑な気持ちもあるのだろうと察したのだ。

「なるほど、確かにサラナはどこか冷めているところがあるからなぁ。いつまでも手元に置いておきたいが、まったく恋愛に興味も持たないとなると、父親としては、逆に心配ではあるよなぁ。悩むなぁ」

セルトのために、大きなグラスに度数の強い酒をなみなみと注ぎ、ジークはうんうんと頷く。

「ふん。サラナが嫁に行きたくないと言うならば、それで良いではないか。ワシがその分、うーんとサラナを大事にするぞ。サラナの婿など、ワシに敵うはずがない！」

いつものじじバカを炸裂させながら、バッシュもなみなみと、セルトのために強い酒を注ぐ。

「俺も、サラナがずっと家にいるなら、助かるし嬉しい！　サラナの作るものはなんでも美味いし、俺の婚約者も、俺よりサラナの事、大のお気に入りだし。大事な妹だもの、王弟殿下がなんて言おうと、サラナが嫌なら全力で、俺が守るよ！」

「俺も、俺も！　全力でサラナを守るよ！　でも兄さん、サラナが住むのは、俺の家でもいいんじゃないか？　だって、俺も美味いものが食べたいし、俺の婚約者も、サラナの事、妹みたいに猫可愛がりしているんだぜ！　兄さんの家にサラナが一緒に住むって言ったら、俺の婚約者が、自分が一緒に住みたいって、絶対に反対するよ！」

「じゃあお前も、結婚してもここで一緒に暮らせばいいだろう？　どうせ部屋は余っているんだし。そしたらずっと皆で一緒に暮らせるぞ！」

「そっか！　兄さん、頭がいいや！」

シスコンの兄弟が、セルトのために皿にモリモリと肉を盛りながら、好き勝手な未来を思い描いている。確かにサラナはこの兄弟の婚約者たちに、きゃあきゃあ言われながら可愛がられているが、これではますます、サラナが嫁に行く気が失せてしまうではないか。

義父と義兄と、甥っ子たちの心遣《酒と肉》いをバッサリと断りながら、それでも、と、セルトは思うのだ。

それでも、セルトはサラナに、知ってほしい。

自分が妻に出会った時の、あの、胸を締め付けるような苦しさと、幸せを。

どれほどつらい時でも、共に在るだけでつらさが和らぐ、陽だまりのような存在が、この世にはあるのだということを。

出会えただけでも奇跡だというのに、サラナ《娘》という得難い宝まで、授かれた幸運を。

いつまでも家族の懐で、大事に抱き温めていれば、確かに、サラナは傷つけられる事も、悲しむ事もないだろう。

それでも。セルトはサラナに、諦めずに自分の手元から、飛び立ってほしいと願っていた。

そうしていつか、自分が手に入れたような、素晴らしい宝を、自分の力で得てほしいと。

1人の父親として、願わずにはいられないのだ。

誕生日の贈物

朝起きたら、家族がダウンしておりました、珍しいわね。サラナ・キンジェです。ごきげんよう。

お誕生会の翌日。なぜか二日酔いと胃もたれでダウンしている皆様。どうなさったのかしら。お誕生会で飲みすぎたの？　一般人のお父様やお母様、伯母様はともかく、お酒に強いお祖父様や伯父様まで？　そして、あのお兄様たちが、食べすぎによる胃もたれ？　お誕生会でそんなに召し上がっていたかしら？　お客様も大勢いらっしゃったので、常識的《少な目》な量だった気がしますけど。

そんな事もあり。本日はお客様に私１人で対応しております。まあ、お客様といってもアルト会長ですので、なんの心配もありませんけど。

「昨日のお誕生会は、楽しまれましたか？」

いつも穏やかなアルト会長。癒し効果は今日も健在。アロマテラピーより効きそうな気がするわ。

「ええ。お義姉様たちのご友人たちと、仲良くなれましたわ」

ぼっちな私にも、友だち未満、知り合い以上と呼べそうな人が出来ました。ゴルダ王国でも友人と呼べる人がいなかったから、とても嬉しかったわ。仕事抜きの、気軽なお喋りって、いいわよねぇ。学生時代に戻った気分だったわ。さっそくお茶会にもお招きいただける事になったし。

「それは良かった」

嬉しそうに、アルト会長が微笑む。昨日のお誕生会に、アルト会長は参加していない。もちろん、誰よりも先にお誘いしたんですよ？　でも、アルト会長は、こういう機会に仕事抜きの付き合いを広げた方がいいと、助言してくれたのだ。アルト会長が側にいると、どうしてもお仕事モードになっちゃって、商談を優先しちゃうものねぇ。

「ですが……。すこしお顔の色が悪い。誕生会で、何かありましたか？」

ええ？　顔色？　そんなに悪いかしら？

慌てて顔を押さえて、侍女さんたちに視線を向けると、皆様首を振って否定しています。そうよね、侍女さんたちが整えてくれたのだから、私の見た目は完璧なはず。

「何か、ご気分が塞がれるような事が、起こったんですね？」

優しく、労わるようにアルト会長に言われて。その確信を持った様子に、何も起こっていませんよなんて、強がる言葉は出てこなかった。何故、分かっちゃうのかしら。アルト会長には、悩んでいたり困っていたりすると、すぐに気づかれちゃうのよね。

結局私は、聞き上手なアルト会長に、昨日の出来事を全て話していた。

「それほど、大した事ではないのですけど……」

話している内に、恥ずかしくなる。令嬢同士の小競り合いなんて、良くある事だし。王弟殿下に言われた事は、今までも散々、他の人からも言われてきた事だし。こんな事でいつまでも思い悩むなんて、なんだか情けないのだけど。

結局私は、前世から何も変わっていなくて。もう少し可愛らしく、上手に立ち回れたら、きっとこんな思いをしなくても良くなるのに。下手に頑固だから、弱いふりなんて出来ないのだ。

ああ。嫌だわ。こんな暗くて後ろ向きな自分は嫌。これぐらい、慣れっこだったじゃないの。

暗い気持ちを吹っ切るように、無理に口角を上げて微笑むと。アルト会長が、痛みを堪えるような表情をしていて。あら？　どうしたのかしら。

「折角の誕生日に……。心細い思いをなさったんですね」

「心細い……？」

そう、アルト会長に言われて、私は目を瞬いた。

そうか。私、心細くなっていたのね。

これからも、自分1人で頑張らなくてはいけないんだって。前世と同じように、1人なんだって、分かっていたけれど。心細くて。

でもあの時、傍らのお祖父様の温かさが、そうではないと気づかせてくれた。私には心強い味方が沢山いるのだと、すぐに気づけたから。

「先代様が、サラナ様の側にいてくださって。本当に良かった」

「うふふ」

心の底から、ほっとしたように呟くアルト会長に、私は思わず笑ってしまった。同じ事を考えていたわ。

「失敗だった。交友関係を優先するよりも、あのクズが参加するならば、お側にいるべきだった。サラナ様の大切な記念日を汚すなど、あのクズめ、どうしてくれようか」

アルト会長……？　いつもと同じ笑顔だけど、どこか妙に迫力があって。小さく何か呟いているけど聞き取れなくて。きゅ、急にどうしたのかしら。

しばらく様子がおかしかったけれど。アルト会長はコホンと1つ咳をして、いつもの穏やかな様子に戻った。良かったわ！　ちょっとだけ、怖かったもの。さっきのアルト会長。

「サラナ様。こちらは、遅ればせながら、誕生日の贈り物です」

綺麗に包装された箱を差し出し、アルト会長は一転、照れくさそうな笑みを浮かべる。

「あまり高価なものではありませんが……」

「まぁ、ありがとうございます。アルト会長」

お礼を言って受け取る。軽くて、小さな箱だ。

可愛らしい包装を解いてみると。

「大変でした。彼らのこだわりが強くて。皆がサラナ様に似合う意匠を競って考えて。揉めに揉めて、何度も会議をして。小さな子も大きな子も、皆が意見を出し合って、ようやく出来上がったのです。……事業の進捗会議の方が、まだ大人しいものでしたよ」

光沢のある、白地のリボン。色鮮やかな、花や鳥の刺繍。小さなビーズと宝石で飾られたそれは、貴族向けの高級店に置かれていてもおかしくないぐらい、素晴らしい出来だ。

誰が作ったのかなんて、聞かなくても分かる。私があの子たちの作ったものを、分からないはずがないもの。そして同時に、アルト会長の言う、『会議』の様子が容易に想像出来て、思わず笑いが零れた。

綺麗だわ。なんて綺麗なのかしら。

「サラナ様。貴女のお陰で、孤児院の子どもたちは今までにないぐらい、逞しく成長しています」

柔らかなアルト会長の声には、どこか誇らしい響きがあった。

「だから、1人で全てを担わなくてはなどと、気負わなくてもいいのです。貴女には、頼もしいご家族と、貴女が守り育てた皆が、付いているのですから。皆が貴女の幸せを願い、貴女の力になりたいと願っている」

胸が、幸せな気持ちをぎゅうぎゅうに詰め込まれたみたいで、苦しいわ。

優しいアルト会長の笑顔に、子どもたちの笑顔が重なる。

「お誕生日おめでとうございます、サラナ様」

止《とど》めのように言祝がれて。本格的に泣き出してしまった私に、アルト会長は困り果てていたけれど。

嬉し涙だから、もう少し、お付き合いいただきたいわ。

あとがき

はじめまして。まゆらんと申します。

この度は、数多ある小説の中から、『転生しました、サラナ・キンジェです。ごきげんよう。』を読んでいただき、ありがとうございます。

この作品は、『小説家になろう』に投稿していた小説です。実は、他の小説を書く合間に、たまには違う物も書きたいなと、軽い気持ちで、息抜きに書き始めたものでした。試験前になると、テスト勉強中に部屋の掃除が無性にしたくなるのと同じ心理なのかもしれません。

それを投稿してみたら、読んでくださった方から、面白かったよ、更新を楽しみにしています、などと感想をいただき。嬉しくなって更新を続けていたら、幸いにもアース・スタ一 ルナ様に目にとめていただき、書籍化していただくことになりました。

書籍化の作業は、細かな表現の違いや、漢字の違いなども気にしつつ、地道に文章を整えていく、大変な作業です。大雑把な性格の私には、全く向いていない作業です。息抜きで書いていた作品のはずなのに、どうして逆に追い詰められているのだろうと、作業中は何度も逃亡したくなりました。

しかしこんな私でも、無事に本書が出来上がったのは、作業どころかメールの返信すら遅い私を、広い心で見守ってくださった編集部の皆様と、更新が滞っても、『待っています』と温かく見守り、応援してくださった読者の皆様のお陰です。本当に、いつも素敵&的確な感想を、ありがとうございます。

そして、私のやる気を美麗なイラストで爆上げしてくださった、匈歌ハトリ先生。素晴らしいイラストを、ありがとうございます。サラナやアルト会長を差し置いて、お祖父様のイラストが大のお気に入りです。家宝にします。もっと描いて欲しいです。ただの願望です。だって、お祖父様が格好良すぎるんです！　私の思い描いていたイメージにぴったり過ぎる。いつの間にか、私の頭の中を読まれたのかと思いました。

ほんの少しネタバレになってしまいますが。この作品は、前世の記憶を持つ、中身がアラなんとか、見た目は13歳のサラナが、婚約破棄を切っ掛けに隣国に渡り、様々な活躍をしていくお話です。スローライフを目指していたはずが、前世の知識を持つが故に、ついつい便利な生活を求めて、周囲を巻き込み、色々なものを開発し、幸せになっていく話です。

書いている本人が言うのもなんですが、スローライフを目指すんじゃなかったのか？　と突っ込みたくなる仕事ぶりです。当初の目的、忘れ過ぎではないでしょうか。

せめて貴族っぽい優雅さだけでも残そうと、冒頭では必ず『〇〇しました、サラナ・キンジェです。ごきげんよう。』のフレーズを入れようと決め、それがタイトルにまでなっていますが、優雅さは行方不明です。タイトルから優雅な貴族のお話だと期待された方に、この場をお借りして謝罪します。

そして。仕事に関しては前世から絶好調なサラナですが、恋愛に関しては、大変残念な仕上がりになっています。そんな彼女が、コンプレックスを克服し、自信を取り戻していく様を書いていけたらなと思っています。

サラナの頑張りと成長を、一緒に応援していただき、楽しんでいただけたら幸いです。

そして願わくば、次の巻でも出会えたらいいなと思います。

まゆらん

ごきげんよう
サラナ・キンジェ
発行おめでとうございます!!
ちょっぴり老成して逞しい、
普通のご令嬢とは一味違う
サラナの活躍を
お楽しみください！
ひらひらお花やフリルたっぷりは
趣味ではないかも？ということで
没になったデザインも
描いてみました

キャラクターデザインラフ

わいい！
無自覚な天才少女は気付かない
～あらゆる分野で努力しても家族が全く褒めてくれないので、家出して冒険者になりました～
辺境の貧乏伯爵
嫁ぐことになったので
領地改革に励みます
～ドラゴンと公爵令嬢～
生贄第二皇女の困惑
敵国に人質として嫁いだら不思議と大歓迎されています
追放された聖女ですが、実は国中から愛されすぎてて怖いんですけど！？
毎月1日刊行!!!!!!!!!

強くてが
無自覚聖女は今日も無意識に力を垂れ流す
今代の聖女は姉ではなく、妹の私だったみたいです
異世界転移して教師になったが、魔女と恐れられている件
～王族も貴族も関係ないから真面目に授業を聞け～
転生料理研究家は今日もマイペースに料理を作る
エルフさんの魔法料理店
妖精女王として転生したけれど、まずはのんびりお料理作りまくります！
あなたに興味はございません
最新情報はこちら！
EARTH STAR LUNA
アース・スター・ルナ

転生しました、サラナ・キンジェです。ごきげんよう。
～婚約破棄されたので田舎で気ままに暮らしたいと思います～

発行 ―――――― 2023年8月 1日 初版第1刷発行
2024年1月17日 第2刷発行

著者 ―――――― まゆらん

イラストレーター ―――― 匈歌ハトリ

装丁デザイン ―――― AFTERGLOW

発行者 ―――――― 幕内和博

編集 ―――――― 及川幹雄

発行所 ―――――― 株式会社アース・スター エンターテイメント
〒141-0021 東京都品川区上大崎3-1-1
目黒セントラルスクエア 7F
TEL：03-5561-7630
FAX：03-5561-7632

印刷・製本 ―――― 中央精版印刷株式会社

ISBN 978-4-8030-1813-4